Tiara Label

ティアラ文庫

龍王と花嫁

ゆりの菜櫻

presented by Nao Yurino

プランタン出版

目次

※本作品の内容はすべてフィクションです。

蒼穹《そうきゅう》の果てに運命は眠る――。

◆【プロローグ】◆　黒衣の騎士

二百年余りを経て、彼と再び出会えたのは、私が六歳のときだった――――。


「姫様、あら？　この茂《しげ》みにもいらっしゃらないわ」

「アイリーン様。どちらへお隠れになっていらっしゃるのかしら？」

木々の向こうから女官たちの声が聞こえる。アイリーンは王城から少し離れた丘に皆で花摘みに来ており、今はかくれんぼを楽しんでいた。

ふふっ……。みんな私を見つけられないんだわ。

アイリーンは茂みの陰《かげ》から女官たちの姿を見て、何となくゲームにでも勝ったような高揚感に胸を膨《ふく》らませ、思わず微笑《ほほえ》んでしまった。

今日は朝から晴れ渡り、澄《す》み切った青空が天空を覆《おお》っているかのように、どこまでも続いている。

いい天気！

木々の合間から果てしない空を見上げていると、鳥たちが自由に飛んでいくのが見えた。

アイリーンは鳥たちを目で追った。

私もあの鳥たちのように、自由に空を飛べたらいいのに――。

そう思った途端、それまでのわくわくとした気持ちが急に萎《しぼ》んでしまった。

アイリーンは、大陸の雄とされるゼーファ王国の第一王女である。その身分ゆえに、六歳という年齢になっても王城とその付近しか出歩くことを許されていなかった。外の世界は敵が多く、命の危険に晒《さら》されることが予想されるからだ。

アイリーンが生まれる前の話だが、ゼーファ王国の姫が当時敵国だった国に攫《さら》われて、命を落とした事件があったらしい。それをきっかけに両国間に戦争が起こり、さらに多くの人間が戦いによって命を落とすことになってしまった。結局、何万もの兵士や国民の犠《ぎ》牲《せい》の上にゼーファ王国が圧勝し、相手国を滅亡させた。確かにこれによってゼーファ王国には平和が戻り、領地も大きくなったが、死んだ姫やそのほかの兵士や国民が生き返ることはない。王国は大きな悲しみに包まれたと聞く。

そんな過去があるため、アイリーンの父王は自分の子供たちの安全に気を配り、特に王女に対してはほぼ城に軟禁《なんきん》状態においていた。

父王は戦いを好まぬ賢王と、誉《ほま》れ高き国王だった。他国を圧倒するほどの軍事力を持ちながら、それを使うことがないよう、自ら火種《ひだね》を作らぬために細心の注意を払っている。

王子も王女も父の意向に沿《そ》うよう教育されていた。

アイリーンも、自分が禁を犯して外に出てしまったら、多くの人に迷惑を掛けたり、前のように戦争が起きて、大勢の人の命がなくなるのだと幼いながらも理解し、父や母の言いつけを守っていた。

ただ、時々、空を渡る鳥を見て、酷《ひど》く切なくなることがあった。今もそうだ。

どうしてかわからない。王城に軟禁されていることは仕方ないと諦められるが、空を飛ぶ鳥を見ると、胸が締め付けられるほどの悲しみがアイリーンを襲《おそ》う。

ずっと昔、大きな鳥のようなものが悲痛な声で鳴く姿をただ見ていることしかできなかった。そんなありもしない記憶が浮かび上がるのだ。

どうしてなのかしら……。

まだ六歳という年齢では、この状態は理解できないものだった。逆にまだ六年しか生きていないのに、この深く刻み込まれた切ない記憶がどこから来ているのかも不思議だった。

やっぱり、外の世界を見たいって、心のどこかで強く思っているのかしら……。

自分の心のことなのに、よくわからない。アイリーンは小さく溜息を吐《つ》いて、視線を空から女官たちがいる方向へと戻した。すると女官たちがこちらへ向かって歩いてくるのが見えた。

「あ、このままでは見つかっちゃうわ。場所を移動しなきゃ」

アイリーンはそのまま女官たちから逃げるように小走りで動いた。すると――。

「そちらへ行ったら危ない。崖になっているぞ」

「え?」

柔らかな風がアイリーンの頰《ほほ》を撫でたと同時に、いきなり声がした。驚《おどろ》いて声のしたほうへと顔を向けると、そこにはどこかの騎士らしき格好をした青年が立っていた。全身真っ黒なその衣装は少し異様にも思えたが、仕立ての良さから、青年がかなり身分のある騎士であることが、アイリーンにもすぐにわかった。

どなたかしら……? 見掛けたことがない御方だわ……。

さらに彼は子供のアイリーンが見ても眉目秀麗《びもくしゅうれい》な男性だった。端整な顔立ちに四肢《しし》が長く、全体的にバランスのいい体軀《たいく》をしており、騎士としては一流の類《たぐい》であることは一目瞭《いちもくりょう》然《ぜん》である。しかしそれよりもさらに目を惹いたのは、彼の神秘的な色をした髪だった。青みがかった黒というのだろうか。後で知ることになるが、青褐色《あおかちいろ》というのだそうだ。その髪が柔らかな風に靡《なび》くたびに前髪の下から聡明《そうめい》そうな金色の瞳がじっとアイリーンを見つめてくる。

どうしてかその金の瞳が、アイリーンにとって、とても懐かしい色に思えた。まるで以前、どこかで会ったことがあるような感じさえする。

「あ……あなた、どなた？」

今の今までそこには誰もいなかったはずだ。泉が湧き出《い》でるように、急に現れた青年騎士にアイリーンは興味を覚えた。すると青年がアイリーンの近くまでやってきて、そのまま足元に跪《ひざまず》いた。

「君に再び会える日が来るとは思わなかった……」

「え――――？」

今にも消えそうな青年の顔はどこか寂《さび》しげで、アイリーンのわけのわからない切なさとどこかで結びつくような、不思議な感覚が胸の奥で燻《くすぶ》る。

「あなたは――――？」

尋ねると青年はふと笑みを浮かべただけで、答えてはくれなかった。代わりにアイリー

ンの手のひらに彼の髪と同じ色をした何かの欠片《かけら》を載せた。

「これは……？」

「君の身に危険が及ばないようにと願いを込めた御守りだ。これがあれば、多少は君から災いを遠ざけることができよう」

「御守り……」

不思議な色合いで光る欠片は、見たことのないものだった。よく見ると目の前の騎士の髪の色と同じ色、青褐色である。

「これをいつも肌身離さず持っていてくれ。君をきっと守るはずだ」

「私を守る？」

意味がわからない。

「――私はもう二度と君に会うことはないだろうから……」

会うことはない……？

「どういうこと？」

「今度こそ健《すこ》やかに、そして幸せに生きてほしい――私のアイリーン」

「どうして、私の名前を？」

もう少しわかりやすく説明してもらおうと思ったときだった。背後から女官の声が大きく聞こえた。

「あ……」

見つかってしまうと思って、女官のほうへと振り向く。まだ彼女はアイリーンに気付いていないようで、違う方向を見ながらアイリーンを捜《さが》している。

「ごめんなさい、私、かくれんぼをしていて……あ……」

もう一度青年に視線を戻したが、青年の姿は跡形もなく消えていた。

「どこへ……？」

アイリーンの弱々しい声を風が拾っていく。木々の葉が擦《こす》れる音だけが聞こえ、ただ視線の先には静寂《せいじゃく》に満ちた森があるだけだった。

それはガウデ暦一六六五年、人間と聖ドラゴンが起こした史上最大の戦いから、およそ二百年の月日が経っていた、ある昼下がりの出来事であった。

◆【第一章】◆　動き出す運命

ラフーナ《人の子》よ、聞け。
大地の叫びはサラディーナ《全能の神》の怒り。ドラゴンの嘆《なげ》き。
瓦礫《がれき》に芽吹く驕《おご》りの声は終焉《ガルス》の道標なり。

『マタディウスの書』より

昔、聖ドラゴンは大地に棲《す》み、人間と共存していた。人々は聖ドラゴンを全能の神、サラディーナの子孫と敬《うやま》い、聖ドラゴンもまた、人間との共存を望み、その力を使って人間を自然の脅威《きょうい》などから守った。

しかし、ガウデ暦一四五三年。聖ドラゴンと人間の史上最大の戦いが勃発《ぼっぱつ》した。結果は聖ドラゴン側の大勝利であったが、その戦いで聖ドラゴンは大地を捨てて、人間の手の届かぬ空へと国を移してしまった。

一方、人間側は多大な損失を被った後、この戦争を教訓として、彼らと二度と戦争をしないよう、聖ドラゴンが支配する国、レダ・アムール王国を神聖化し、どの国も不可侵《ふかしん》条約を結んだのだった。

そして大陸は平和を取り戻し、二百年余りが経った――。

＊＊＊

きらきらと光る木漏《こも》れ日が、緑の芝生《しばふ》に淡い模様《もよう》を幾つも作る。そよ風が木々の葉を揺らすたびに、芝生に描かれた模様も様々な形へと変わっていく。まるで木漏れ日がダンスをしているようにも見えた。

ここ、大陸の東側に位置するゼーファ王国は、内海に接し、気候も温暖で作物もよく実る、小さいながらも豊かな国である。国王は賢王とも呼ばれるダリオロス二世であり、美しい妃《きさき》と、二人の王子、三人の王女に恵まれていた。

　二百年前の大戦より他国が何度も戦《いくさ》を繰り返しているのに反して、ゼーファ王国は幾度も戦に巻き込まれそうになる危機に陥《おちい》りながらも、その時々の英断によって戦を回避し、平和を保ち続けている希少な国である。そして現在のダリオロス二世も祖先の教えに従い、戦を好まぬ国王であった。


　木陰《こかげ》でアイリーンは竪琴《たてごと》を奏《かな》で、乳母に聞かせていた。アイリーンの眩《まばゆ》いばかりの金の髪が木漏れ日に揺れて美しく輝き、小鳥たちが寄ってくる。アイリーンはその澄んだ緑色の瞳を小鳥たちに向け、微笑んだ。

「あなたたちも聞きに来てくれたの？　ありがとう」

「いつ聞いても姫様の演奏は素敵でございますね、夢心地になります。小鳥たちもそうなのでございましょう」

「ありがとう、シャイナ。あなたのこのマドレーヌも同じくらい素敵で、私もいつも夢心地になるわ」

　今日は、乳母のシャイナが焼き菓子を作って持ってきてくれたので、城の中庭でティータイムを楽しみながら、竪琴を弾いていた。

「ま、姫様ったら」

アイリーンは竪琴を奏でるのが好きで、時間があれば、よく演奏をしている。さらに国でも有数な竪琴の名手で、何かお祝い事などがあると、人前で披露《ひろう》したりもしていた。

「そういえば、今朝方《けさがた》、お客様が国王陛下を訪ねていらっしゃったようですよ。もしかしたら、姫様の竪琴のご所望があるかもしれませんね」

「お父様のところに？」

「ええ、先ほどサーヴァンズホールへ寄りましたら、若い女官たちが色めき立っておりましたよ。かなりのハンサムな騎士がいらっしゃったとか……」

「騎士……」

「あら、姫様もご興味がおありですか？」

シャイナがからかうように尋ねてくる。

「あ、いえ……その……今日いらっしゃった騎士の髪の色は青褐色だったか、わかる？」

「青褐色の髪……でいらっしゃいますか？」

シャイナに問い掛けられ、アイリーンの頬が俄《にわ》かに熱を持った。

シャイナには以前から子供の頃に出会った黒衣の騎士のことを何度も話しており、『姫様の初恋の御方なのですね』とアイリーンの気持ちを知られている。今もきっとアイリーンが誰のことを尋ねているのか、シャイナにはわかったはずだ。その証拠《しょうこ》に、彼女の表情からはからかいの色が消え、代わりに優しげにアイリーンのことを見守っている様子へと変わった。

「そうですね。青褐色は珍しい色ですから、騎士がその色の髪をしていたら、女官たちの口に上《のぼ》るかもしれませんが、そうではなかったので、違うかもしれませんね」

「――――そう」

「それと、二十代くらいの騎士だったようですよ。姫様がお会いになった騎士でしたら、あれからもう十二年お経ちになっていらっしゃいますので、残念ながら、もう少し歳も上かと思います……」

「そう、なのね……」

途端、アイリーンは気落ちした。彼と出会ったのは六歳。アイリーンは今年で十八歳になる。それは出会ってから、既に十二年も経ってしまったことを意味していた。そして十二年の間、ずっとあの騎士に再び会えないだろうかと願っているが、その夢は叶わずにいる。

もう一度、あの人に会いたい――――。

あのときに貰った青褐色の美しい欠片は鉄よりも硬かったが、職人に無理を言って、首から下げられるように加工してもらい、今も肌身離さず持っている。アイリーンの宝物だ。

『――私はもう二度と君に会うことはないだろうから……』

そう告げて消えた彼。もう本当に会うことはないのかしら――。

『今度こそ健やかに、そして幸せに生きてほしい――私のアイリーン』

一瞬の出会いだった。それでもアイリーンの心には彼が強く残った。そして彼を忘れることができずに、十八歳になるまでに、幾つか縁談の話もあったが、どれも断ってしまった。

しかしそろそろ年齢的にも縁談を断るのが無理になりつつある。しかも今まではどうにか断れる相手であったが、いつかは断れない相手からの縁談があるかもしれない。そうなれば、アイリーンも自分の意思に関係なく結婚しなければならなくなる。

それまでにもう一度、彼に会いたい――。

そう願うも、そろそろこの淡い思いを心の奥にしまい、鍵《かぎ》を掛ける時期が遠からず来ているのかもしれないことも感じていた。

もう諦めなきゃ――。きっとこれが私の初めての恋。

「姫様……」

アイリーンが気落ちしているのがわかったのだろう。シャイナが心配そうに見つめてきた。

「シャイナ……」

「先ほども申し上げましたが、青褐色の髪というのは非常に珍しい色です。ならば必ずやその黒衣の騎士の噂《うわさ》もいつかは姫様のお耳に入りましょう」

「そうね……」

会うことは叶わなくとも、いつか彼の無事を耳にすることができたのなら、それで満足しなければならないのかもしれない。

アイリーンは自分の手を胸に当てた。

どうして一度きりしか会ったことのない黒衣の騎士のことが、これほど気になるのかよくわからない。ただ、彼のことを思い出すと、子供の頃から意味もわからず感じていた切ない思いが沸き起こり、どうしようもなく胸を締め付けられる。

何故――？　ただの恋心だけじゃない気がする。もっと――もっと、どこか深いところで、彼と繋がっていたような、不思議な感覚――。

「姫様、アイリーン様！」

遠くで女官が呼ぶ声が聞こえてくる。アイリーンはその声で我に返り、声のするほうへ視線を向けた。すると、女官が息を切らして走ってくるのが見えた。

「アイリーン様、ご休憩中のところ申し訳ありません。国王陛下がお呼びになっていらっしゃいます。至急、王の間へお越しくださいませ」

アイリーンはその女官の様子の慌《あわ》ただしさから一抹《いちまつ》の不安を抱いた。


王の間は、宝石の間と名付けられた、その名の通り宝石で彩《いろど》られた豪華《ごうか》絢爛《けんらん》な長い回廊を渡った、王城の東側に位置する。

この配置には政治的意図《いと》があり、まず、各国の使者を煌《きら》びやかな回廊を歩かせ、王国の豊かさを見せつけて、相手側を圧倒させる役目を担っている。そして重厚《じゅうこう》な扉の向こうにある、荘厳《そうごん》な雰囲気《ふんいき》の王の間へ導くように造られていた。気圧《けお》された大抵の各国の使者は、国王に謁見《えっけん》したときから萎縮《いしゅく》し、存分にその力量を発揮できずに帰ることになるのだ。

ただ、今回は違ったようだ。アイリーンが王の間までやって来ると、中央の玉座に座っていた父や母の顔色が優れなかった。

「お父様、お母様……どうされたんですか?」

王の間は人払いをしており、今は両親とアイリーン、そして父の信頼のおける側近しかいない。

「アイリーンよ、お前に先ほど縁談が来た」

父がゆっくりと重みのある声で話し掛けてきた。

「縁談、ですか？」

どうやら今朝やって来た騎士というのが、アイリーンの縁談を持ってきたようだ。

「この縁談は断ることができん」

「え……？」

父の言葉にアイリーンは顔を上げた。

「お前が嫁ぐ先はレダ・アムール王国。聖ドラゴンの国だ」

え――？

ふと、アイリーンの耳元に大きな翼が羽ばたくような幻聴《げんちょう》が聞こえたような気がした。

なに――？

鳥の羽ではない。もっと大きい――まるでドラゴンの翼が大きく羽ばたいたような音だ。それと同時に、脳裏《のうり》にどこまでも続く果てしない蒼穹が浮かび上がった。

私……この景色《けしき》、どこかで見た気がするわ……。

「アイリーン、どうしたのだ？」

「あ……」

父の声に意識を引き戻される。

「レダ・アムール王国という名に驚いたのか？」

レダ・アムール王国。それは約二百年前の大戦を機に、人間とほとんど関わりを持たなくなってしまった神の子孫、聖ドラゴンの王国の名前である。

「あの、どうしてそんな国から縁談が……」

父は黙って首を横に振った。すると父の隣に座っていた母が口を開いた。

「実は、いつかはこんな日が来るのではないかと心配しておりました」

「お母様？」

アイリーンは母の手が小さく震えているのが目に入った。とても辛そうにしているのが、その様子からも伝わってくる。

「……あなたが生まれた日のことです。いきなりレダ・アムール王国から、あなたに名前を授けに使者が来たのです」

「レダ・アムール王国から名前を……？」

初めて耳にする話だ。

「そうだ。アイリーンという名前は、レダ・アムールの王が名付けたと使者は言っていた」

父が言葉を続けた。

「二百年余りも人間との関わりを絶ち続けてきた聖ドラゴンが、突然お前が生まれた日にこの国にやって来たことで、何か大きな意味があることはわかったが、彼らは名を授けただけで、何も説明なく帰っていった」

「私が生まれた日に……」

「その名前をお前につけるかどうか迷い、神殿の巫女《みこ》に占ってもらうと、レダ・アムール王国は神の子孫の国であり、授けられた名前をお前につければ、お前が幸せになると言われ、アイリーンという名前を受けることにしたのだ」

「私の名前にそんな由来があったなんて……」

自分の名前が今まで以上に意味があるものに思えてくる。

「だが今日の縁談の話を聞いて、このためにレダ・アムールの王はお前に名前を授けたんだと理解した。お前が生まれたときから、どうしてかわからないが、向こうの王はお前を花嫁にと望んでいたのだろう」

私が生まれたときから——？

「お父様、私が生まれたときと言うと、お相手の王様は私よりかなり年上ということでしょうか？」

「そうだな。だが、聖ドラゴンは元々人間とは異なる種族で、寿命も我々と違い、六百歳ほどだと聞いておる。レダ・アムール王国の国王が今何歳かはわからぬが、あちらは寿命が長い分、人間とは年齢の感覚が違うようだ」

父の説明に母が我慢できない様子で口を挟んだ。

「わたくしはアイリーンをたとえ神の子孫といえど、よくわからない場所へ嫁がせるのは、気が進みません」

「お母様……」

「陛下、どうしてもアイリーンをその国に嫁がせなければならないのですか？　どうぞ断ってくださいませ」

母はこの結婚には反対のようで、夫である国王に詰め寄った。

「断れない、いや、断らないほうがいい理由が、ざっと考えただけで三つある。一つは二百年ほど前に起きた人間と聖ドラゴンの大戦だ。今回のことで、また拗《こじ》れて大戦が勃発するようなことがあっては大事だ。わしらは経験しておらんが、相当酷い戦いだったようだからな」

父は戦争を愚《おろ》かな行為と考え、戦いで家族や国民を失うことを極端に嫌う。今回も縁談を断ったゆえに起こるかもしれない戦争を懸念しているのだ。

「そしてもう一つは、大臣らとも話し合った結果だ。もしアイリーンがここで縁談を断れば、もう他に良い縁談が来ないだろうということだ。どこの国もレダ・アムール王国との縁談を断った姫を受け入れてはくれないだろう。レダ・アムール王国とは関わりたくないと思っているのも確かだ。誰もがレダ・アムール王国の反感を買う可能性があるからな。厄介ごとをあえて引き受けてくれるところも少なかろう」

「そんな……それではあまりにもアイリーンが可哀想ではありませんか！　得体のしれない国へ嫁ぐか、または嫁がずに一生を一人で過ごすかなどと……どちらにしても不幸になるのが目に見えています！」

「それを踏まえての三つ目だ。アイリーンの名前の件から神殿の巫女によると、アイリーンはその生涯《しょうがい》、幸せに過ごせるそうだ。名前といい、この結婚といい、本当に神が決められたことなら、アイリーンにとっていい話のはずだ。それならば娘の運命を信じてみようかとも思っている」

「陛下……」

母は眉間《みけん》に皺《しわ》を寄せ、国王の気持ちが変わらないことに落胆した。父はそんな母を無視し、真っ直ぐアイリーンの顔を見てきた。

「アイリーン、レダ・アムール王国に嫁いでくれるか？」

アイリーンも視線を逸《そ》らすことなく父を見返す。

そろそろ縁談が断れなくなるのは覚悟していた話だ。嫁ぐ先がレダ・アムール王国というのが少し驚いたが、アイリーンにとってはどの国に嫁いでも同じだった。

相手は黒衣の騎士ではないのだから――。

アイリーンはスッと背筋を伸ばした。もう無邪気な子供時代は終わるのだ。これからはゼーファ王国の第一王女として、毅然《きぜん》として運命に立ち向かっていかなければならない。

「――お父様、この縁談、謹《つつし》んでお受け致します」

初恋の黒衣の騎士は胸の奥にそっと大切にしまおう――。

アイリーンは静かに目を閉じたのだった。

＊＊＊

中庭に面した静かな外回廊に一人の青年が佇《たたず》んでいた。庭からは柔らかい陽が差し込み、青年の青みがかった黒、青褐色の髪を照らす。

黒だけで統一された衣服はいつものことで、青年の精悍《せいかん》な顔つきも悲しげに歪《ゆが》められていた。

「クラウス陛下」

名前を呼ばれ視線を移すと、側近の一人であり、友でもあるサルージャがこちらへと歩いてきた。

「目が覚めていらっしゃったのですね」

「ああ、よくわからないが、胸騒ぎのようなものがして目が覚めた。何かあったか？」

「いえ、平穏でございます」

「そうか……。サルージャ、今回、私はどれくらい寝ていた？」

「十年ほどでございます」

「……まだ十年しか眠っていなかったか」

「国王陛下」

サルージャが咎めるように呼ぶ。するとクラウスは申し訳なさそうに苦笑した。

「すまないな。もう二度と目が覚めぬようになりたいと思っているからな。お前たちも早く次の王を選定しろ」

「なりません。陛下はまだ二百五十歳を超えたばかりでございます。陛下のような歴代屈指の力を持つドラゴンはなかなかおりません。どうぞ、我が一族のためにも……そして私を含む友のためにも、何卒、長く生きることをお望みください」

「ありがとう、サルージャ。だが、私はお前が思っているよりも情けない男なんだよ」

クラウスの美しく輝いた金色の瞳が伏せられる。

「陛下……」

「悪いが、まだ完全には覚醒《かくせい》していない。あまり躰《からだ》が本調子ではないようだ。部屋へ戻る」

クラウスはそう言うと、サルージャに背を向けたのだった。


「陛下は？」

サルージャが執務室へ戻ると、先に来ていたリヤードが声を掛けてきた。彼もクラウス王の側近で、子供の頃からの友である。

「どうやらアイリーン様の気配に、薄々であるが勘付いていらっしゃるようだった。胸騒ぎのようなものを感じて目が覚められたようだったからな」

「やはり番《つがい》でいらっしゃるアイリーン様の気配には敏感でいらっしゃるな。お目覚めになられてよかった……」

「このまま無事に我々の思惑通りになればいいのだが……」

「陛下のご様子はどうだった？」

「お疲れのようだった」

「……番がいないのだから、仕方のないことかもしれないが、心配だな」

「ああ……」

聖ドラゴンとは『番』というものが大変重要な役割を担う一族である。しかし『番』はすぐに現れるものではない。成人した聖ドラゴンが、あるときふと気付く、運命的なものである。ただ、それは相手側も同じで、相手も運命的なものを感じ、惹かれ合ってこそ『番』は成立する。

そして『番』を得た聖ドラゴンはさらに力が増幅され、子作りも可能となる。

聖ドラゴンは繁殖能力が極めて低い。原因は『番』でなければ子ができないからだ。そのため、聖ドラゴンの数が減少していた。きっと大地に聖ドラゴンばかりが溢《あふ》れないようにするための神の配慮か、またはいつかは神と同じように、この大地から消える運命だからかもしれない。

一方、弊害《へいがい》もあった。一度『番』を得てしまうと、その『番』が不幸にも命を落とした場合、残された者は新しい『番』を得なければ、徐々に弱り、そして死へと至ってしまう。

神の子孫という枷《かせ》があるせいか、人間とは違い、『愛情』がなければ生きていけない生き物なのだ。それは肉親同士がいがみ合ったりする人間とは異なるところだった。

『番』を失ったドラゴンは眠る時間が長くなり、最後には目覚めなくなって死に至る。

クラウスもまさに今、死ぬことを望んでいた。

クラウスは約二百年前の大戦で『番』であった女性を亡くした。その後、クラウスはその女性を愛するあまり、新たに『番』を探そうとはせず、命を終えようとしている。今は十年に一度くらいしか目覚めなくなっていた。あともう少しすれば、数十年に一度くらいしか目を覚まさなくなり、やがて命を失うことになるだろう。

クラウスの黒い衣服は、過去に亡くした愛する女性への喪《も》の意味も含まれている。彼は女性が亡くなってから喪に服し、黒い色の服や甲冑《かっちゅう》しか身に纏《まと》わなくなった。クラウスの彼女に対する深い愛情がそれだけでも伝わってくる。

「何としてでもクラウス陛下をお救いせねばならない」

サルージャが唸《うな》るように呟くと、リヤードが肩を叩いてきた。

「だからこそ、我々は、二百年前の戦争に巻き込まれてお亡くなりになったアイリーン様の生まれ変わりの姫を探してきたのではないか」

「そうだな。これでクラウス陛下がアイリーン様と結婚してくだされば、陛下のお命も、そしてこの王国の繁栄も続くだろう」

実はサルージャたちは、秘密裏にアイリーンとの婚姻を進めていた。クラウスにこのことが知られたら、拒絶されるのは目に見えている。クラウスが二度と自分たちにアイリーンを関わらせたくないと強く願っているのは、サルージャやリヤードには痛いほどわかっていた。

『アイリーン』とは二百年前、クラウスの恋人であり、そして『番』でもあった、当時、大陸有数の力を誇っていたマーディア帝国の皇女の名前だ。

『番』であるアイリーンを亡くし、深い悲しみのゆえ、眠りに就いたクラウス。サルージャたちは、王国の未来とクラウスのため、亡くなったアイリーンが再びこの地上に生まれ変わるのを注意深く見守っていた。そしてある日、聖ドラゴンの巫女で一番力の強い巫女からの託宣《たくせん》で、アイリーンの魂《たましい》の復活を知った。

――それは前のアイリーンが死んで、既に二百年余りも経っていた日のことだった。

サルージャたちはすぐに行動に移った。アイリーンが誕生したというゼーファ王国へ出向き、誕生したばかりの王女に名を授けた。かつてのクラウスの恋人と同じ名前『アイリーン』と。

そしてうまく運命の歯車が回り、アイリーンが十八歳になったら、クラウスの花嫁として迎え入れることを決めていた。

＊＊＊

光を遮《さえぎ》られた薄暗い部屋は、王城の喧騒《けんそう》とは切り離され静まり返っていた。クラウスは久々に部屋の窓を開けた。途端、爽《さわ》やかな青空が目の前に広がる。

……アイリーン？

風に乗って僅《わず》かばかりに感じるアイリーンの気配に、クラウスはその胸に電流が走るかのような強い痺れを覚えた。

「アイリーン……」

その名前を唇に乗せるだけで、胸が引き千切られそうなほど痛む。自分の命を含め、何よりも大切で愛していた存在。

もう二度と、あのような悲劇を繰り返したくない。生まれ変わった彼女を巻き込まないために、自分はこのまま朽《く》ち果てることを選んだというのに、友人らは密《ひそ》かに何かを企てているようだ。

クラウスの秀麗な眉が僅かに顰《ひそ》められた。嫌な予感しかしない。

「……私が過去にアイリーンを失って、どれだけ悲しみに打ちひしがれたか、彼らがわからないはずはない。なら、生まれ変わった彼女と会うことがどんなに私の心を苦しめるか、あの二人には理解できるはずだ。それなのに、彼女をここに連れてくるというの……か？」

俄かには信じられない思いもするが、クラウスが眠りに就いている間、彼らが何を考えて行動しているのかまでは把握できない。

「まさか……私にアイリーンと会わせようという暴挙に出ているのではないだろうな」

信頼のおける側近であり、友である二人に疑惑の念を抱く。アイリーンについては、彼らからまったく報告を得ていないが、彼らがアイリーンに何かを仕掛けようとしている可能性は大だ。このアイリーンの色濃い気配が何よりも証拠となっている。

「彼らが何を企んでいようとも、私は番を得ず、このまま朽ち果てていくだけだ。それが私の決めた答えだ」

番────。クラウスの運命の番はアイリーンだ。初めて彼女に会ったときから、すぐにそれは本能で理解した。しかし人間が聖ドラゴンの番になるには、一つ大きな試練がある。伴侶《はんりょ》となる聖ドラゴンの血を飲み、そのまま聖剣『破天《はてん》の剣《けん》』で胸を貫かれ、一度死ななければならない。

当然、それは壮絶な苦痛を伴うものであり、儀式を受けた人間の五割は復活できずに、そのまま死んでしまうという大変危険な儀式である。

避けられるものなら避けたいが、この儀式は肉体改造を意味するもので、人間が聖ドラゴンとして生き返り、その生命力を得るのに必要な儀式だった。

人間と聖ドラゴンのままでは、種族が違うため、子供を成《な》すことができない上に、寿命の差が大きく、生涯を共にすることもできない。せいぜい百年生きられるかどうかの人間と、平均六百年を寿命とする聖ドラゴン。さらに力の強い聖ドラゴンであれば、寿命は千年に及ぶとまで言われている。その聖ドラゴンの伴侶として共に歩むためにも、儀式を受けることには大きな意味があった。

だが約二百年前、クラウスはアイリーンにこの儀式をさせる勇気がなかった。彼女がもし儀式で命を落とすようなことがあったら、悔やんでも悔やみきれない。自分が聖ドラゴンであったがために儀式を受けさせ、アイリーンの命を奪うことが許せなかったのだ。

もし――、自分がアイリーンを伴侶として選ばなければ、彼女は危険な儀式を受けずに、彼女に相応《ふさわ》しい人間と幸せな生涯を送れるだろう。自分がアイリーンを手放せばいいのだ。そうすれば彼女は命を危険に晒すことはなく、幸せに生きていける――。

クラウスは何度もそうやって自分に言い聞かせた。だが、頭では理解していても、彼女を手放すことがどうしてもできなかった。理性では割り切れない。そんな簡単な思いではない。愛とは深く魂を呑み込むほどの熱を伴う魔物だ。

しかし、そうやってクラウスが葛藤《かっとう》している間に、アイリーンは敵の手によって殺されてしまった。もしアイリーンが『番の儀式』を受けていれば、聖ドラゴン並みの生命力に溢れ、簡単に殺されることもなかったのに、だ。

アイリーンを愛するがゆえに間違えてしまった選択――。

「もう二度と、私のために死なせたくない。私から離れて、今度こそ幸せに生きてほしい。それが何よりの私の願いだ……」

力なく壁伝いにくずおれる。そしてクラウスはそっと目を閉じた。

――夢はもう見ないと決めたのだ。

そして翌日、クラウスが眠りに就いている間に、アイリーンの一行は天空の城、レダ・アムールの王城へと入ったのだった。

◆【第二章】◆　淫らな本能

レダ・アムール王国は大陸を守護すると言われる聖ドラゴンが支配する蒼穹の王国だ。

大陸に国を有する王たちは、二百年余り前の大戦で大敗を喫してから、この国に忠誠を誓い、尊崇《そんすう》している。

約二百年前、大陸全土の国が手を結びこのレダ・アムール王国の一国を相手に戦ったのにもかかわらず惨敗したからだ。しかも首謀格であった国は王族共々滅亡に追いやられた。

各国に与えた衝撃は凄まじいもので、それ以降、誰もが恐れをなし、聖ドラゴンの国へ干渉しようという者はいなくなった。

またレダ・アムール王国側も、人間を見捨てたかのように大地を離れ、空へと王国を移した。ドラゴンの持つ不思議な力は、国を空へと浮かび上がらせたのだ。それはまるで大きな島が空に幾つも浮かんでいるように見えた。

空中の楼閣《ろうかく》。招かざる客を受け入れない王国。それがレダ・アムール王国であった。

＊＊＊

アイリーンは昨夜、レダ・アムール王国へと到着した。

目の前に聳《そび》え立っていたのは、松明《たいまつ》に照らされた優美な城だった。すべてが白亜《はくあ》の大理石で造られていて、その壁面に焔《ほのお》が映り、城自体が輝いているように見えた。

城の建築様式は古代大陸時代に用いられていたもので、今の建築物にはないその華麗さには目を見張るものがあった。そのため、城の中を歩いていると、まるで遺跡《いせき》を歩いているような、そんな錯覚にも陥った。

凄いわ……。大昔の世界にいるみたい……。

レリーフ一つ一つに、今は失ってしまった太古からの伝承をモチーフにしたものが彫られ、そこだけ時代が遡《さかのぼ》ったような感じがした。

……またこのレリーフ、昼間にしっかり見たいわ。

そう思うと同時に、前もどこかで同じような感想を抱いたことがある気がした。

どこだったかしら……。でもこの城も見覚えがあるような……。

不思議な感覚がアイリーンの記憶を擽《くすぐ》る。この城に初めて来たはずなのに、ところどころ記憶に引っ掛かる景色があった。

私……以前、ここに来たことがある――――？

そんな風に思えてしまうほど、既視感《きしかん》が募る。

何かしら……。知らないはずなのに、知っているような……。例えばこの先を歩いていくと、雄々しいドラゴンの姿を彫った大きな扉があって……。

「っ……」

刹那《せつな》、目の前に思い描いていた通りの扉が現れた。

な、どうして――――？

アイリーンがその扉を見て動揺していると、その扉からレダ・アムール側の一行が出てきた。そしてそのうちの家臣らしき一人が膝を折り、深く頭を下げた。

「アイリーン・ファスタル・レ・ゼーファ王女。ようこそ、レダ・アムールへ」

その声に、アイリーンの閉ざされた記憶の中で何かが閃《ひらめ》くような気配がした。

＊＊＊

結局、昨夜は未だ眠りから覚めぬレダ・アムールの王との謁見も叶わず、一通りの挨拶を終えると客間に通されただけで終わった。

今朝も王は現れず、アイリーンは朝食を一人で済ませた。

そんな状況の中で、アイリーンと一緒に、レダ・アムールまでついてきてくれた元乳母で、今は身の回りの世話をしてくれているシャイナが、お茶の用意をしながらとうとう文句を口にした。

「それにしても、ご自身の花嫁が到着したというのに、顔も出さない王とはどういった御方なんでしょうね？」

王についてはアイリーンも確かに少しおかしいと感じていた。

故郷のゼーファ王国の城に迎えに来た聖ドラゴンたちは王については何も語らなかった。ドラゴンの背に乗って天空の王国へと連れて来られたが、そこで初めて夫となる王が眠りに就いているのだと聞かされたのだ。

最初、眠りに就いているという意味がよくわからなかったが、どうやら一般的に言う『眠り』というのと意味が違うことが話を聞いているうちにわかってきた。冬眠のようにずっと眠っているので、次に王がいつ目覚めるかわからないということだったのだ。ただ、ここ数日、時々目を覚ますらしく、本格的に覚醒するのも間近だとも教えてもらった。

しかしほぼ国王不在と変わらない状況に、アイリーンは驚くしかなかった。そしてその状況を決して他国に知られないために、アイリーンを迎えに来た一行は何も語らなかったのだと今になって気付く。

眠るって……王に何があったの？

アイリーンはまだ見ぬ自分の夫の異常事態に驚いた。よくわからないが、普通ではないことだけはわかった。そしてそんな中でここへと呼ばれた自分が、何か彼らに関係していることにも薄々感じとっていた。

王が眠りに就いているままなのに、私を花嫁として呼ぶ必要って……？

どうして私に名前を授けたの――？

すべての謎の答えを今眠りに就いている王が知っているということなのだろう。

「王が目覚めるまで待つしかないのかもしれないわね」

アイリーンはシャイナにそう答えるしかなかった。シャイナも溜息を吐きながらも、そうですねと同意し、お茶を口にする。アイリーンは窓から外を眺めた。空中の楼閣というだけあって、遠くには空しか見えない。山もなくただ平原が続き、いきなり絶壁《ぜっぺき》になっているようだ。

ここの地形は聖ドラゴンには危険じゃないかもしれないけど、人間には危険だわ。気を付けないと……。ちょっと辺りを見てきたほうがいいかしら。

「シャイナ、お茶をしたら、少し庭に出てきていいかしら」

「庭ですか？」

シャイナが少し驚いた顔をした。

「ええ、この王城の庭を見てみたいの」

「よろしいですが、供の者をお付け致しましょうか？」

「いらないわ。庭ですもの。迷っても大したことないわ」

「わかりました。ですが、すぐに帰ってきてくださいませ。夕方からは宰相《さいしょう》のサルージャ様やリヤード様が姫様を歓迎する宴《うたげ》を催してくださると仰っていましたから、その準備もございます。遅れませんように」

「ええ、ちょっと見たら、戻ってくるわ」

アイリーンはカップのお茶を飲み干すと、そのまま庭へと出掛けた。すると途中でいきなりサルージャにばったりと出くわした。

「アイリーン様、どちらへ？」

到着後いきなり城をうろついていたので、不審に思われたのか、どこか彼の瞳に厳しさが走る。

「あ、窓から外を見ていたら、少し庭に出てみたくなったのです。出掛けては駄目でしょうか？」

「ええ、大丈夫ですが……」

そこで一旦切った言葉をサルージャの瞳が、驚いたようにいきなり見開かれた。

「アイリーン様、その胸に下がっている鱗《うろこ》はどうされたのですか？」

「え？　鱗？」

アイリーンは自分の胸元を慌てて見た。そこには子供の頃、黒衣の騎士から貰った不思議な青褐色の欠片のチャームがドレスの襟元から出ていた。

「あ……この欠片、鱗なんですか？」

鉄よりも硬いこの欠片が、何なのか初めて知った。

「ええ、ドラゴンの鱗です。それをどこで手に入れられたのですか？」

サルージャの執拗《しつよう》に迫る雰囲気に呑まれながらも、アイリーンは素直に答えた。

「昔、見知らぬ旅の騎士の方に貰ったのです。御守りにしろと言われて……」

途端、サルージャが難しい顔をし、小さく呟《つぶや》いた。

「我々に内緒で、お一人で会いに行かれていたということか……」

「え？」

「ああ、申し訳ありません。こちらの話です」

そう言ったサルージャの瞳が、何となく怪しく光ったような気がした。

え……？

アイリーンはもう一度彼の瞳をしっかり見返そうとしたが、既にサルージャの瞳は人の良さそうな表情で細められていた。

「アイリーン様、もしお時間がありましたら、クラウス陛下にお会いになられませんか？」

「クラウス陛下に……あの、お目を覚まされたのですか？」

「いえ、まだ眠られておりますが、将来、妃となるアイリーン様なら、寝室にご案内して、現在の陛下のご様子を見ていただきたいと思いまして……」

陛下の現在のご様子――！

夫となるはずの彼の姿をまだ一度も見たことがない。もし叶うことなら、彼の姿を一度でいいから見てみたいというのは、アイリーンのささやかな願いでもあった。

「あの、ぜひ――。ぜひ、お会いしたいです！」

アイリーンの声にサルージャはそっと微笑んだ。

サルージャはクラウスの寝室の前までアイリーンを連れてくると、自身は公務があるとのことで、アイリーンを置いてそのまま去っていってしまった。

目の前には大きな扉がある。

ここが、クラウス陛下が眠っていらっしゃる寝室……。

胸が一際大きく高鳴った。アイリーンが生まれたときから花嫁にと望んでくださったレダ・アムールの国王。

どんな方なのかしら？　お父様のような容姿をされているのかしら……？

歳はかなり離れているのだ。もしかして祖父くらいかもしれない。

アイリーンは彼に会う決意を固め、静かに寝室のドアを開けた。

部屋の窓は開け放たれ、窓のところには小鳥が数匹、羽を休めて止まっている。大きな寝室は煌びやかではないが、年代を感じる厳《おごそ》かな雰囲気の調度品に囲まれ、落ち着いた内装になっている。その中心に天蓋《てんがい》付の大きなベッドが置いてあった。

アイリーンはゆっくりとそのベッドへと近づいた。ベッドの天蓋から垂れ下がる絹色のシフォンを幾つも重ねた幕を捲《めく》る。その中央には一人の青年が眠っていた。

っ――――！

アイリーンは声を上げそうになったのをどうにか堪《こら》えた。

こ、この人は――――！

驚いて見開く目に映るのは、懐かしくて恋しい青褐色の髪……。

「あ……」

王のベッドに横たわっていたのは、決して忘れたことのないアイリーンの初恋の人。黒衣の騎士、その人だった。

あ……この方がクラウス陛下！

手が震えてくる。六歳のときに出会ったままの姿だ。

それで初めてドラゴンは寿命が長いために人間と歳のとり方が違うということを思い出した。十二年の月日は彼にとっては、ほんの僅かな時間で姿が変わるほどのものではないのだ。

「あなたが……クラウス陛下」

自然とアイリーンの頰に涙が滑り落ちた。信じられない思いで、彼の髪に触れる。

どうして眠っているの？　私と会ってからずっと眠っているの？

彼はまったく目を開ける様子はなかった。

何故、こんなことに――――？

アイリーンは昔物語の一節を思い出した。眠っている姫は王子様のキスで目覚めるのだ。もしかしたら、クラウスにアイリーンがキスをすれば目覚めるのでは――？

「っ……」

アイリーンは逸《はや》る鼓動を宥《なだ》めながら顔をクラウスの近くへと寄せる。彼の長い睫毛《まつげ》が視界に入る。睫毛の色も綺麗な青みがかった黒だった。

クラウス陛下――。

彼に惹き付けられるようにして自分の唇を彼の唇に重ねる。彼の思っていたよりも冷たい唇に驚いて、アイリーンは反射的にすぐ退いた。時間にしたらほんの一瞬だろう。でもアイリーンにとっては決死の覚悟の上の行動だ。一瞬でもとても大切な儀式だった。

キスをして彼の顔を見ていると、彼の睫毛が微《かす》かに揺れた。ゆっくりと開かれる瞼《まぶた》の下には、聡明な澄んだ金色の瞳が現れる。

「へ、陛下――」

「アイリーン……」

彼の金色の瞳に力が漲《みなぎ》る。生きているという力を灯した黄金は、アイリーンの心を射貫いた。しかしすぐに彼の瞳が苦しげに細められる。

「目覚めたばかりの聖ドラゴンに近づくなっ！」

「え――――?」

「くそっ、サルージャかリヤードの仕業だなっ……。離れろ――――。今の私は何をするか、わからない。眠りから覚めたばかりで君が傍《そば》にいたら……くっ……」

「クラウス陛下!」

苦しそうに表情を歪める彼の躰を支えようと手を伸ばすと彼にその手を掴み上げられる。縦長の瞳孔をした金色の瞳がまるで獰猛《どうもう》な獣のようにぎらぎらと光っていた。聖ドラゴン特有の形だ。

「くっ……アイリーン……っ……」

抗いたくとも抗えない様子で強く引き寄せられ、腕の中に閉じ込められる。あまりに突然のことでアイリーンの躰が固まってしまう。それをいいことに、クラウスは逃げるタイミングを失ったアイリーンを軽々と組み敷いた。

「あっ……」

「アイリーン……」

懇願《こんがん》するかのように名前を呼ばれる。彼の瞳が切なげに揺れ、アイリーンの胸が締め付けられる。彼の視線に囚われたように、その場を動けずにいると、今度は彼の唇がアイリーンの唇を塞いできた。

クラウスからキスをされたことに一瞬頭が混乱する。さらに彼の舌がするっとアイリーンの口内に忍び込んできた。ちりちりと躰の奥を刺激する感覚にアイリーンの肌が粟立《あわだ》つ。執拗に口腔を弄《まさぐ》られていると、最初は冷たかった彼の唇も熱を帯び出した。そのまま彼の唇がアイリーンの首筋に落ちていく。

「んっ……」

クラウスが片手でアイリーンのドレスを器用に脱がせ始める。いきなりの行為にアイリーンは呆然とし、自分の置かれている立場がよく把握できなかった。

「あっ……」

彼の唇が首筋から鎖骨、そして緩められた胸元へと滑っていく。デコルテが露わになったドレスであったため、簡単に肩が抜け落ちた。すぐに胸の谷間に唇を寄せられる。

「ふっ……」

アイリーンの息が上がったときだった。クラウスの動きが一瞬止まった。アイリーンは彼の視線の先を辿った。その先では、彼に貰った青褐色の鱗がアイリーンの胸で輝いていた。彼はそっと指先でそれに触れると、愛おしげにキスをした。その様子を見ていて、アイリーンもようやく思考が戻ってきた。

「あ、陛下……、私たちはまだ婚儀を挙げておりません。これ以上の戯《たわむ》れは……あっ……」

途端、胸元を痛いほどきつく吸われる。何度も深く、きつく、貪るかのように執拗に肌に痕を付けられた。それと同時にアイリーンの躰の芯も淫靡《いんび》な熱が沸き起こるのを感じずにはいられなかった。躰中のあちらこちらに散らばっていた快感が、彼のキスによって呼び覚まされるような感じだ。彼の唇の触れるところから、とろりとろりと甘く蕩《とろ》けるような感覚が生まれてくるのを否めない。

「あぁっ……」

気付かぬうちに捲られたドレスの裾からクラウスの手が忍び込んで、目覚めたばかりの愉悦《ゆえつ》をさらに強く呼び起こしてくる。

「あ、だ……めっ……」

そうしているうちに、アイリーンのドレスは背中のボタンをすべて外され、辛うじてドレスが腰に巻き付いているだけの姿にされていた。コルセットの紐も解かれ、下肢も彼の視線に晒される。

「っ……」

彼の双眸《そうぼう》が細められた。まるでドラゴンの餌《えさ》にでもなったような気分になる。いや、本当にそうなのかもしれない。

逃げなきゃ――――！

アイリーンは本能的に感じた。

自分を組み敷くこの男はクラウスであって、クラウスではない。たぶん眠りから目覚めた瞬間、何かの拍子に理性を本能が凌駕《りょうが》してしまったのかもしれない。その証拠にクラウスは最初に『離れろ』とアイリーンに言った。あれはアイリーンを傷つけまいと彼が最後の理性を振り絞って放った言葉だったのだろう。

でも、どうしたら――――？

アイリーンは身を捩《よじ》って、クラウスから逃げようとした。しかし彼の拘束は強まり、まったく動くことができない。

やがて彼の指がアイリーンの乳房を鷲掴《わしづか》みにし、その先端の乳首に舌を絡ませてきた。

「ああっ……」

子宮がキュッと収縮し、鋭い刺激が背筋を駆け上った。初めての感覚だった。

何なの……この感覚……。

得体の知れない感覚に困惑《こんわく》しているうちに、クラウスはアイリーンのもう一方の乳頭を指の股に挟み、ゆっくりと捏《こ》ね出した。

「ああっ……」

ジリと焦げたような音が聞こえたような気がした。意味のわからない熱が触れられているところからじわりと広がっていく。

「あっ……陛下……、おやめくださいっ……んっ……」

いくら制してもクラウスにはアイリーンの声が聞こえないのか、動きを止めることはなかった。それよりもさらに彼の手が次の行為へと移っていく。太腿に絡まるドレスを退《ど》けて、アイリーンの内腿へと伸ばされる。そして秘密の谷間の奥に眠る、まだ固くて青い蕾《つぼみ》に彼の指が這わされた。途端、アイリーンの全身が喜悦に戦慄《わなな》く。

「んっ……ああっ……」

「私を惑《まど》わす香り……」

クラウスがやっと口を開いた。

「あ、へ……陛下……」

「私に生きる精力を与えられる……。それが番の持つ力だ」

番――？

聞きなれない単語にアイリーンは引っ掛かりを覚えた。しかし――。

「あああっ……」

いきなりクラウスがアイリーンの秘部を擦ってきた。淫らに綻び始めていたアイリーンの肉芽が激しい愛撫に悲鳴を上げる。

「ああっ……や……ああっ……ふっ……」

「感じているんだな？」

クラウスがそう言いながら、一番感じる場所、尖った乳首をぺろりと舐めてきた。彼の熱い吐息が乳頭に触れるだけで、焔が煽《あお》られるように躰が熱くなる。神経さえも焼き切れそうだ。それと同時に、躰の中でどろりとした凝《こご》りのようなものが蠢《うごめ》き、出口を求めて噴き出してきそうな感覚に恐怖を覚え、アイリーンはクラウスに思わずきつくしがみ付いた。すると、彼の素肌がぴったりと重なり合い、彼の熱が皮膚《ひふ》一枚を通してアイリーンにも伝わってくる。

「だ……だめ……ぇ……あっ……」

クラウスが乳首を甘噛みする。アイリーンの躰から溢れ出す淫靡な熱の塊《かたまり》が押し出され、下肢をしっとりと濡らし始めた。

「ふっ……はぁ……んっ……」

あまりの快感にアイリーンの瞳から涙が溢れた。クラウスの唇はいつの間にか胸からアイリーンの太腿の付け根に移っていた。彼の唇がさらにきわどい場所へと移動していく。

既に指で散々嬲《なぶ》られた赤く熟れ始めた淫らな花芽に軽く歯が当たる。

「やっ……やめて……あっ……」

狂おしいほどの快楽に襲われる。躰のそこかしこが官能的な痺れに犯され、理性が消え失せていく。

足を閉じたくとも、彼が膝を割って入り込んでしまい、とても足が閉じられない。慣れた彼の様子に、アイリーンの逃げようとする行動はすべて封じ込まれてしまった。

「陛下っ……」

金色のドラゴンアイがアイリーンを捉える。瞬間、彼がアイリーンの膝裏を持ち上げて肩に担いだ。

「あっ……」

はしたない蜜で濡れたアイリーンの秘部が彼の目に晒される。どうしてか、どこもかしこも彼の視線に過剰に反応してしまい、何もされていないのに、次から次へと秘めやかな媚肉から蜜が溢れ始めた。

「ドラゴンを誘うのが上手いな……」

「違うわ……そんな……」

「無意識なら、君のフェロモンは、末恐ろしいな」

「あっ……ふっ……はぁぁ……」

自分でも信じられなかった。彼の金色の瞳に見られていると意識すればするほど、下肢の谷間に咲く淫猥《いんわい》な花がひくつき、貪欲《どんよく》に彼を欲する。

「どうやら君のここは私を呑み込みたくて仕方がないようだ」

ここと言われ、彼の指の腹がアイリーンのひくひくと動く花弁に触れてきた。そしていきなり彼がそこへ顔を寄せる。

「え――――」

湿った音と共にねっとりとした生温かい感触があり得ない場所に生まれる。彼がアイリーンの蜜を口で吸い始めたのだ。

「あっ……ああっ……んっ……はっ……」

ちゅうっと吸われる音を耳にするたびに、花弁を彼の舌や唇が這い回り、アイリーンの理性を奪っていく。彼の舌が動けば子宮が敏感にそれを察知し、失った理性の代わりに悦楽を充満させる。そしてやがてそれは躰の中で爆《は》ぜ、感覚や感情のすべてが快楽へと塗り替えられていった。

「ふうっ……ああっ……」

肉芽を舐められるだけでなく、甘噛みされたり、吸われたり、ぐしょぐしょになるまでしゃぶられた。

「あぁ……んっ……」

アイリーンが快楽に気をとられていると、クラウスの指が秘裂を割って蜜路へと滑り込んできた。舐めて解《ほぐ》したそこは、すんなりと彼の指を受け入れてしまったのだ。

「あっ……や！　抜いて……お願い、抜いて……っ」

下肢に違和感を覚えて身を捩れば、思いがけず快感が脳天を突き抜ける。

「やぁぁあっ……」

どんなに嫌がってもクラウスは放してはくれなかった。それよりもさらに指を奥へと差し込み、淫液で潤む襞《ひだ》を掻き混ぜてきた。強く襞を擦られるたびに溢れてくる快感に、目が眩《くら》みそうになる。

やがて彼の指が馴染み、本数も増えていく。そして気付けば熱で浮かされた蜜口に滾《たぎ》るような熱を持て余す彼の欲望が当てられていた。

「あ……だめ……陛下、だめ……あっ……」

アイリーンの懇願も空《むな》しく、彼の猛《たけ》った雄がゆっくりと中へと入ってくる。

「あああっ……んっ……」

引き攣《つ》るような痛さが走る。破瓜《はか》したようだ。内腿に熱いものが滴《したた》るのがわかる。

そんな――。

こんなところで処女を失うとは思っていなかった。初めては結婚した夜、夫婦になってから捧げたかった。

「やっ……あ……」

狭い膣道を押し広げるようにして彼が突き入れられる。アイリーンの肉壁も彼を包み込むかのように受け入れていった。ぴっちりと隙間なく彼に満たされていく。

彼にいきなり強姦《ごうかん》紛いなことをされ、処女を失ってしまったことにもショックを受けるが、それを満たされていくと感じている自分にも驚くしかなかった。

私――、彼にこんなことされるなんて嫌なはずなのに――。なのに、彼とこうやって一つになれることで心が、躰が満たされていく……。まるで失った何かを取り戻したみたいに心が安らぐなんて……。

どうして――?

アイリーンは自分を組み敷く男の顔を見上げた。

美しい金色の虹彩《こうさい》を持った男――。

昔、どこかでこうやって彼を見上げていたような気がするわ……。

何故か懐かしいという感情さえも沸き起こってきた。

私、彼とどこかで前に……子供の頃じゃない、もっと前に……会っている?

ドクンとアイリーンの鼓動が一際大きく跳ねた。鼓動に引き摺《ず》られるようにして、クラウスに絡みつくアイリーンの淫らな襞は、火傷をしそうなくらい熱く熟れ、彼を貪欲に締め付ける。

「うっ……」

クラウスの低い呻《うめ》き声がアイリーンの鼓膜を掠《かす》める。それがどうしてかアイリーンの情欲の焔を大きく煽る。

「あっ……ふっ……」

自分の躰がまるで別の生き物になったみたいだった。どんなに貞淑《ていしゅく》を装おうとしても、躰が勝手に淫らに快楽を得ようと動いてしまう。

「やっ……あっ……」

深く穿たれ、躰の奥まで灼熱の楔《くさび》を受け入れてしまう。

「あっ……ああっ……」

喉を仰け反らせれば、クラウスが背筋を伸ばし、アイリーンの喉に甘く歯を立てる。まるで本当に食べられているような気がしてきた。

「や……怖い……ああっ……」

彼に救いを求めようと手を伸ばすと、その手を乱暴に掴まれる。そして指先を丹念にしゃぶられた。このままでは骨の髄《ずい》まで彼に食べられてしまいそうだ。

「ああっ……んっ……ふぅっ……」

指にも快感を得る場所があるのだろうか。彼が舐める先から、アイリーンの蜜宮がじんじんと痺《しび》れる。その痺れに同調してクラウスが何度も腰を獰猛に打ち付けてくる。

膝が胸につくぐらい折り曲げられ、苦しい体勢を強いられる。彼の唇がアイリーンの唇に重なり、零《こぼ》れ落ちる嬌声さえ貪られた。

「んっ……」

躰中の快感が呼び覚まされ、彼と触れ合うところから次々と官能的な痺れが沸き起こる。アイリーンの腰が自然と揺れるのも仕方がないことだった。

「もっとだ――」

耳朶《じだ》を噛むようにして囁《ささや》かれる。彼の舌がアイリーンの耳の中に差し込まれた。中をちろちろと舐められる。

「ああっ……んっ……」

アイリーンの血が淫らな熱で煮え滾る。どこもかしこも感じてしまい、もう自分でも快楽が溢れ出すのを抑えきれなかった。

「あ……あ……ああっ……」

「アイリーン――」

ぞくっとするほどの甘く優しい声で名前を呼ばれる。アイリーンは彼の下半身を一層強く締め付けてしまった。

「あ……あああっ……」

クラウスが意地悪く蜜襞に擦り付けるように己を大きくグラインドさせた。瞬間、アイリーンの視界が真っ白になった。

「あっ……ああっ……や……ふ……あああぁぁぁっ……」

ズクンと今までよりもさらに深く穿たれる。

「んっ……」

躰の奥底から溢れ出す目も眩むほどの愉悦に、息が止まりそうになった。

「ひゅっ……」

声にならずアイリーンの喉からは、ただ息だけが零れ落ちた。それと同じくして、どこかへ放り投げられたような感覚に襲われながら、躰の奥で未だ暴れる楔をきつく締め上げる。

「くっ……」

男の艶《つや》のある呻き声が頭上でしたかと思うと、すぐに生温かい飛沫《ひまつ》が蜜壺の底で破裂したのを感じた。クラウスが達《い》ったのだ。瞬間、中がびっしょりと濡れるような感じたこともない感触がアイリーンを襲う。

「ああっ……んっ……はぁ……」

彼がきつくアイリーンを抱き締めてくる。彼の熱い液種をこの身に受けて、アイリーンは腹の底から甘い震えを感じた。しかしその余韻《よいん》に浸る間もなく、再び彼の抽挿が激しくなる。ぐちょぐちょと濡れたいやらしい音が寝室に響《ひび》いた。

「あっ……ふ……んっ……」

躰から力が抜けていく。意識もどこかへと吸い込まれていく。

瞼を閉じる一瞬、アイリーンは遠く彼方《かなた》に幻想を見た。

灰色の空の下、青褐色のドラゴンが天を仰ぎ寂しげな声で啼《な》いている。そこは色褪《あ》せた世界だった。
アイリーン――――っ！
ああ、目を開けなくては。起きて、悲しみに暮れる彼を抱き締めて慰めたい……。私は大丈夫だって、彼に言って、安心させてあげなきゃ――――。
愛しているから――――。

いつまでも、この世が終わるまで。ずっと愛しているから、クラウス――。

見上げる青褐色の鱗は遥か彼方にあり、手を伸ばしてもどうしても届かない。何故かアイリーンの頬に涙が滑り落ちた。

アイリーンの意識はそこで途切れた。

＊＊＊

本能の猛りで沸騰《ふっとう》して見失っていた理性が目覚め、意識がはっきりしてくる。クラウスは自分の意識が戻ってくるのと同時に、己が酷い失態を犯したことを悟った。

覚醒したばかりのドラゴンの本能に支配されている状態で、番を傍に置かれ、理性を失わないドラゴンなどいない。クラウスも例外なく、本能のままアイリーンを襲ってしまった。

「くそっ……サルージャたちの仕業か」

クラウスは傍らに眠るアイリーンを見遣《みや》った。

運命とは皮肉なものだ。ベッドで眠るアイリーンは二百年前のアイリーンとそっくりな姿をしていた。太陽の光を集めたような見事な黄金色の髪。クラウスが恋して止まない美しく澄んだ緑の瞳。何もかもが忘れたくても忘れられなかった愛しい人、アイリーンと同じだった。

魂だけでなく、その容姿も前世と変わらないとは……。

『クラウス――大好きよ』

明るい陽射しの中、笑って名前を呼ぶアイリーンの姿が脳裏に浮かぶ。その記憶に促されて、ふと今現実にベッドで寝ているアイリーンの金色の髪に指が伸びる。だが触れる一瞬前に、クラウスは我に返って指を引っ込めた。

もう二度と彼女をドラゴンの運命に巻き込まないと決めたのだ――。

「っ！」

クラウスはアイリーンから無理に視線を剝《は》がすと、そのまま彼女が起きないようにそっとベッドから出た。

「お前たちが仕掛けたのか？」

　クラウスはサルージャとリヤードがいる執務室にやってくると、開口一番、二人を責めた。

「何の話ですか？　陛下」

　サルージャがしれっとした顔で答えてくる。さすがクラウスが眠りに就いていても、滞りなく王国を動かしている辣腕《らつわん》宰相だ。これくらいでは顔色一つ変えることはない。リヤードはリヤードで、クラウスとサルージャの言い合いに慣れているのもあり、やはり動揺することなく、肩を小さく上下させるだけで応えてきた。

　そんなそつのない側近たちを苦々しく思いながらも、クラウスは言葉を続けた。

「どうしてアイリーンがこの城にいるんだ？　お前たちが連れてきたとしか考えられないだろう？　しかも私の寝室に入れるとは、どういうつもりだ？　覚醒時のドラゴンが人間にとって、どれほど危険なものかわかっているだろう！」

「そう言われましても、一刻でも早く陛下に目覚めていただきたかったので、少々手荒い手段を使わせていただいたまでです」

　平然と返すサルージャの言葉にクラウスの片眉がぴくりと動く。

「手段？　どういうことだ？」

「陛下が眠っていらっしゃる間に、アイリーン様を我が主君、クラウス・レダ・アムール陛下の花嫁として迎え入れました」

サルージャの瞳がクラウスに向けられる。真っ向からクラウスに対抗する姿勢が見えた。

「何故、そんな勝手なことをする！」

「勝手なこと？　では言わせていただきますが、陛下こそ勝手にご自分のお命を短くしようとされているのではありませんか？　それに文句を言われるのなら、どうして私たちがアイリーン様の名を授けに行ったときに、仰らなかったのですか？　私たちが名前を授けに彼女のもとへ行ったことはご存じだったのでしょう？」

「く……」

知っていた。だが、クラウスはサルージャたちを止めることができなかった。認めたくないが、自分の中にもやはりアイリーンを求める気持ちが残っていたからだ。彼女が生まれ変わったという話を耳にして、無視ができなかった。

心のどこかで繋がりを求めずにはいられず、そんな矛盾した心と葛藤し、苦しみ続けた。だがそれを親友であり、側近でもあるサルージャたちに悟られたくはなかった。悟られてアイリーンをここへ連れてこられたくなかったからだ。それなのに――。

眠っている間に、アイリーンが連れてこられてしまった。

そんな強行突破のようなことを彼らがするとは思っていなかった。少なくとも彼らもクラウスの大きな悲しみを理解してくれていたはずだ。

「――私は彼女を娶《めと》らないぞ」

ドラゴンと人間が関わったら、また多くの血が流れる可能性がある。そしてきっとまた彼女を失うのだ。もうそんなことは耐えられない。彼女が幸せであればそれでいい――。

クラウスがサルージャを睨みつけていると、彼は小さく溜息を吐いた。まるで計算しつくされたような仕草に、嫌な予感しかしない。

「ドラゴンの手がついてしまったアイリーン様をこのまま下界に戻して、彼女を娶る人間が現れるとでもお思いですか？」

やはりサルージャには、クラウスがアイリーンを襲ってしまったことは、ばれているようだった。たとえ、どんなに彼女を拒んでいたとしても、本能だけに支配された覚醒時は、心の底から愛しているアイリーンへの思いは、理性で抑えつけることができず、そのままクラウスの心の壁を突き破って溢れてしまう。どんなに拒んでも本能には抗えない。サルージャはそれを読んでいたのだろう。そしてそれがわかっていたサルージャは――。

「っ……お前……まさか……」

クラウスの思考が一瞬止まった。

クラウスは、ようやくサルージャの本当の思惑に気付いた。彼女が人間の国に戻ることができないように彼は策を巡らせたのだ。

理性がなくなっているクラウスの傍へわざと彼女を置き去りにしたのは、既成事実を作るためだ。そしてクラウスはその策に嵌《はま》ってしまった。

人間は皆、二百年前の大戦の忌まわしき記憶により、ドラゴンと関わるのを避けている。ゆえにドラゴンに抱かれた女を娶る者などいないに等しい。それは彼女に一生伴侶を持たせないという枷をつけることを意味した。

「アイリーン様が祖国へ戻っても、修道院にでも入れられて、狭い世界で一生を終える可能性が高いですね」

「お前はアイリーンを何だと思っているっ！」

「陛下の大切な番であると思っております」

怒るクラウスに怯《ひる》むことなく、サルージャの落ち着いた声が執務室に響く。リヤードもまたサルージャの後に続いて口を開いた。

「陛下、ご覚悟ください。我々ドラゴンの王国を少しでも長く平和な国として存続させていくためには、強い聖ドラゴンの力が不可欠なのです」

「わかっている。私はこのまま伴侶を娶らずとも、あと五十年は生きるだろう。その間は眠りながらでも、この国を支えることに最大限の力を使うつもりだ。あと五十年。私と匹敵、いや私よりも強い力を持つ聖ドラゴンが現れるだろう。王の死が近くなれば、自然と力の強い聖ドラゴンが現れる」

今までもそうだった。王の死が近づくと、次の王となる逸材の聖ドラゴンが生まれるようになっていた。すべては神の采配だろう。

クラウスが淡々と答えるとリヤードの表情が大きく崩れた。サルージャと違い、リヤードはまだまだポーカーフェイスを貫くのが苦手のようだ。

「それだけではありません！　私たちは友として、貴方をこのままにしておけない。ただ死を待つだけの寂しい世界に貴方を置いておくわけにはいかない」

「リヤード……」

寂しさと孤独を心の奥に潜ませ、死を待ちながら眠り続けるのがクラウスの決めた道だ。それは確かに辛い世界だろう。だが。

「……お前が言う通り、それは寂しい世界かもしれない。だがこれ以上、何も失うこともない僅かに優しい世界でもあるんだ。少なくとも私にとってはな……」

それを理解してほしいとは思わない。ただ、ときには友の気持ちがクラウスにとって残《ざん》酷《こく》であることを知ってほしい。生きるということは、アイリーンの死にまた巡り合わなければならないということだ。人間は必ず聖ドラゴンより先に死ぬ。

「陛下、どうしてアイリーン姫を拒まれるのです！　姫が生まれ変わるのを二百年もお待ちになっていたのでしょう？」

「待ってなどいない。できれば知らずにいたかった。もしまた出会っても『番の儀式』を行わなければ、私はまた彼女の死を見届けなければならない。あんなことはもう二度としたくない。ならば、私の命を棄てたほうがましだ」

「陛下……」

「っ……」

クラウスは二人から視線を外した。思い出したくない記憶が脳裏を埋め尽くし、クラウスの心を蝕《むしば》む。クラウスにとって、自分が生きていることさえも疎《うと》む対象だ。アイリーンに救われた命だからこそ余計に、だ。彼女に救われたから大切にしようなどとは、とても思えない。思うには残酷すぎる。

忌むべきは二百年前。自分が命を落とせばよかったのだ――。

◆【第三章】◆　過去の願いと今の願い

その昔、大陸には多くのドラゴンが生息していた。やがて彼ら聖ドラゴンは、人々を善き方向へと導きながらも一つの国を造り、レダ・アムール王国と名付け、長い間、大陸を支配し続けていった。

聖ドラゴンの王国、レダ・アムールは大陸のほぼ中央に位置し、四方を人間の国で囲まれていた。その面積こそ他の国より小さいが、その国力は群を抜く豊かさで、平和に満ち足りた王国であった。

しかし、聖ドラゴンが太古から持つ数々の宝に、人間が次第に興味を持ち始め、宝を巡って大規模な戦いが頻繁に起きるようになった。

ガウデ暦一四五三年。とうとう聖ドラゴンと人間の史上最大の戦い、『星雲《せいうん》の戦』が勃発する。

その大戦の始まるほんの半年前、レダ・アムール王国は歴代屈指の聖魔力を操る聖ドラゴン、クラウス・レダ・アムールによって栄華を極めていた。


約二百年前――ガウデ暦一四五二年。

青空が広がる小高い丘に緩やかなそよ風が通り過ぎていく。丘に立って、町を見下ろしていた青年の青褐色の髪がその風に靡き、空へと吹き上げられる。まるで彼の魂まで空へと飛んでいきそうな雰囲気だった。

「ク、クラウス！」

隣に立っていたアイリーンは急に彼が消えてしまいそうな、そんな不安を覚え、つい彼の名前を呼んでしまった。

「どうしたんだい？　アイリーン」

振り向いた彼の表情はいつもと変わらず、蜂蜜色に近い金の瞳を優しげに細めた。

「あ、いえ……あ、そう、そうだわ。今日は星祭《ほしまつり》ね」

アイリーンはどうにか話題を見つけ、クラウスに話し掛けた。

『星祭』とは、レダ・アムール王国の国王が五穀豊穣《ごこくほうじょう》を願い、その聖魔力を使って釣鐘《つりがね》草《そう》を夜空に舞い上げる儀式だ。

釣鐘草はまるでその中に蛍《ほたる》が入っているかのように柔らかな光を発し、夜空を照らしながら宙を舞う。その中を聖ドラゴン族がドラゴンとなって空を飛ぶのだ。

その幻想的な儀式を見に、大陸全土から大勢の人間がこのレダ・アムール王国へと押し掛ける。

「アイリーンの父上もいらっしゃるから、いつもより頑張らねばならないな」

「父が無理を言ってごめんなさい。父も子供の頃から近くで『星祭』を見るのが夢だとか言って、大切な儀式の日にお邪魔してしまって……」

本来、この儀式中は国王であるクラウス自身も忙しく、国外からの賓客《ひんきゃく》は受け入れない。そんな中、今回は婚約者であるアイリーンの父ということで特別に受け入れていた。

「何を言っているんだ。アイリーンの父上なんだ。私の未来の舅《しゅうと》でもある。大歓迎だよ」

「クラウス……」

アイリーンはそれ以上何も言えなくなり、視線を下げた。本当のところ、アイリーン自身、父の言うことを全部信じているわけではなかった。というのは、父が野心家で、レダ・アムール王国に対して何かを企んでいるのではないかと最近感じるようになったからだ。考え過ぎかもしれないが、一度不安に思うと、なかなかその懸念を払拭することができなくなっていた。

そんなはずないわ……。お父様がそんなこと考えるはずはないわ。

アイリーンは唇をきゅっと噛み締めた。でも本当にアイリーンが辛く思うのは、この父の不穏な動きをクラウスもきっと察知しているだろうということであった。察知しているにもかかわらず、アイリーンのために危険な橋を渡ろうとしている。

「アイリーン？」

アイリーンが口を閉ざしていると、クラウスが心配そうに見つめてきた。そのままアイリーンを抱き締める。

「大丈夫だ。君が心配することは何もないよ」

彼に返す言葉が見つからず、アイリーンは瞼を閉じ、その頬を彼の胸に預けた。すると頭上でクスッと吐息だけで笑うクラウスを感じた。

「アイリーンは心配性だな。そうだ、少し楽しい話でもしようか」

クラウスはそう言うと、そのまま地面に座った。そして内ポケットからレースのハンカチーフを取り出し自分の隣に敷き、そこにアイリーンを座らせたのだった。

＊＊＊

アイリーンとクラウスが出会ったのは一年前、アイリーンの父、マーディア帝国の皇帝、即位二十周年祝賀会前日でのことだった。

その日は大陸全土から大勢の招待客がマーディア帝国へとやってきており、帝都も普段よりも賑わいを見せていた。アイリーンも帝都の中央広場に立った市を見たくてお忍びで出掛け、そこで怪我《けが》をしたのか、足を引き摺って歩いている仔猫に出会った。

「馬車を止めて」

アイリーンは急いで馬車から降り、仔猫に駆け寄った。こんなに大勢の人で賑わっている市場にいたら、また誰かに踏まれたり、車輪に轢《ひ》かれたりするだろう。仔猫自身も痛いのか、壁際に寄り添って震えていた。

「大丈夫、怖くないわ。近くに寄ってもいいかしら？」

アイリーンはなるべく怖がらせないように、視線を仔猫に合わせてしゃがんだ。すると、背後から柔らかな声がした。

「仔猫に触ってもいいだろうか？」

「え？」

アイリーンが振り向くと、そこには旅の装束をした騎士が立っていた。

「え、はい。でも怪我をしていて……」

「もしかして治せるかもしれない」

青年はそう言って、仔猫に手を差し伸べた。すると、それまで震えていた仔猫が、まるで母猫に縋《すが》るように青年の手に身を委ねてきた。青年はその仔猫を大事そうに抱き上げる。

「あの、もしよろしければ治療に私の馬車をお使いになってください」

「それは助かる」

アイリーンはすぐに青年と仔猫を馬車へと案内した。

アイリーンは馬車の座席にひざ掛けを敷き、そこへ青年に仔猫を寝かせてもらった。今から手術をするのだと思い込んで、侍女に水を用意させていると、いきなり青年が仔猫の怪我をしている右手を自分の手で包み込んだ。

「いい仔だ。そのまま我慢していてくれよ」

青年は仔猫に話し掛けながら、ゆっくりと目を閉じた。すると淡い光が青年の手のひらから生まれる。それは初めて見る光景だった。

え……？

アイリーンが驚いて数秒見つめているうちに、青年は仔猫から手を離した。驚くことに仔猫の怪我は跡形もなく消えていた。

「これで大丈夫だ。もう痛くないだろう？」

青年が仔猫の喉を指先で擽ると、仔猫も嬉しそうにニャアと鳴いた。

こんな不思議なことができる人間など見たことがない。こんな術ができるのは、神か、神の子孫と言われている聖ドラゴンだけであろう。

「あ……あなた、もしかして聖ドラゴン様……」

アイリーンの声に、青年は人差し指を唇の前に立てて応えた。アイリーンは慌てて口を両手で塞いだ。その様子を見て、青年は優しげに笑みを浮かべた。

「申し訳ない。あまり人に知られたくなくてね。旅の途中なんだ。できれば特別扱いをされずに、人間のように旅をしたいと思っている」

彼の気持ちがわかるような気がした。アイリーンも皇女という立場を時々窮屈《きゅうくつ》に感じることがあるからだ。身分を隠してもっと自由に行動したいという衝動が胸の中にあって、アイリーン自身も葛藤している。

「誰にも言わないことを誓います。あの、仔猫を助けてくださってありがとうございます。何かお礼を……」

アイリーンは自分の指に嵌《は》めていたエメラルドの指輪を礼として青年に渡そうとした。

「いいよ、私が好きでやったことだ」

「でもそれでは……」

どうしたらいいのかしら……。彼にお礼を少しでも渡したいのに、ちょうどいいものが思い浮かばないわ……。

アイリーンが困り果てていると、青年はアイリーンの気持ちを察したのか、苦笑しながら言葉を足してきた。

「うーん、そうだな。じゃあ、もし君に時間があるならば、ほんの僅かな時間でもいい。この市場を案内してくれないか？　マーディア帝国に来たのは初めてなんだ」

「私でよろしければ。それに明日はち……」

『父』と言おうとして、アイリーンは言葉を呑んだ。自分の父がマーディア帝国の皇帝などと言っては、もしかしたらこの青年に避けられるかもしれない。マーディア帝国はかなり大きな軍事帝国で、今や聖ドラゴンを差し置いて、大陸全土を牛耳っていると言っても過言ではなく、普通に考えても大陸の守護神とも言われる聖ドラゴンに対して大変失礼なことをしているのだ。彼らに嫌われていると思っても間違いない。

アイリーンは心のどこかにこの青年と別れがたい感情があり、つい自分の身分を隠してしまった。

「あ……明日は皇帝の即位二十周年の記念祭典があるので、市場もいつも以上に賑わっているの。きっと珍しいものがたくさん集まっているわ」

「それは楽しみだね。ただでさえも大陸で一番賑わっていると言われているマーディア帝国だ。私はいいときに来たのだな」

そう青年が答えると、いきなり仔猫がニャアと鳴いた。どうやらここにいるのに飽きたようだ。馬車のドアをガリガリと手で引っ掻き始めた。

「ああ、ごめん、ごめん。君もそろそろ帰りたいよな」

青年は仔猫を抱き上げると、馬車から出た。アイリーンもその後について外へ出る。青年は仔猫がまた怪我をしないようにと、人通りの少ないところで地面に下ろした。そのまま仔猫はあっと言う間に路地へと消えていった。

「お母さん猫に急いで会いに行ったのかしら？」

「そうだな、親猫も心配しているだろうからな」

アイリーンの会話に合わせてくれているのか、そんな風に答えてくれた青年の優しさに、胸の鼓動がトクンと小さく鳴った。

どうしたのかしら、私……。胸がどきどきする……。

アイリーンは益々速くなる鼓動を鎮めようと胸の上から手で押さえるが、まったく治まる気配がなかった。

青年は仔猫を見送ると、アイリーンに振り向いた。彼の金色の瞳を真っ直ぐに受け止め、アイリーンの心臓が飛び跳ねたように、一段と大きく鼓動する。

「そういえば、君の名前を聞いてなかったね？　私はクラウスと言う。もしよければ君の名前を教えてもらってもいいだろうか？」

「ア、アイリーンと申します」

「アイリーン。君の時間が許す限りでいい。案内をお願いできないかな？」

「ええ、クラウス」

アイリーンが笑顔で答えると、クラウスも嬉しそうに笑って応えてくれた。

それはアイリーンが十六歳のときだった。


このことをきっかけに、それからクラウスと頻繁に会うようになった。旅をしている彼は時間に縛られることがなく、気の向くまま過ごし、数か月ほどマーディア帝国に留まっていた。

そうしているうちにアイリーンの身分をクラウスに知られてしまったが、クラウスはアイリーンを遠ざけることなく、今まで通り接してくれた。

　本当はこのとき気付くべきだったのだ。アイリーンの皇女という身分を知っても、態度を変えずにいてくれた彼自身の身分を――。

　しかしアイリーンは彼と一緒にいることが楽しくて、聖ドラゴン族であるのに、嫌わずにいてくれたことが嬉しくて、それに気付かずにいた。彼もまたこの国に寄った本当の理由を教えてくれた。

　マーディア帝国への不信だ。クラウスは今のマーディア帝国を自分の目で確かめるために、この国へ立ち寄ったとのことだった。

　現在、大陸の多くの国々はマーディア帝国と平和協定を結び、侵略されない代わりに、不利な条件を呑まざるを得ない状況になっていた。それは自然とマーディア帝国に富が集中することにもなった。多くの国からの貢物《こうぶつ》として贈られる金銀財宝の数々。そこから生まれる財力により一層の軍備強化。今や、マーディア帝国にはきな臭い噂が後を絶たなかった。

　近い将来、大陸を一つに纏め、その頂に立とうという野望を抱いているのではないか。その一環として大陸の中心に位置する聖ドラゴンの国、レダ・アムール王国に戦争を仕掛けようとしているのではないか。

そんな様々な憶測が飛び交っているのを、アイリーンも知っていた。そしてアイリーンは自分の父、この国の皇帝が恐ろしい男であることも理解していた。

お父様なら戦争を仕掛けることなど、何とも思っていらっしゃらないわ……。

そこに生まれるであろう悲劇や、多くの人の不幸など、父はまったく理解しないのだ。ある意味、そういうことを理解できないからこそ戦争を繰り返し、他人の国を奪うことができるのだろう。

今日、アイリーンはクラウスと共に帝都にある帝立図書館に来ていた。二人ともマーディア帝国の歴史や大陸に伝わる古い物語などを読むのが好きで、共通の趣味でもあったので、この図書館をよく利用していた。また個室を借りられるので、ほとんど姿を人に見られることがないのもここの利点だった。

「私に力があったらいいのに――」

「アイリーン……」

隣に座っていたクラウスがアイリーンに視線を向けた。

「私が皇子か、それ以上の力を持った地位であったら、父を止めることもできるかもしれないのに……。どうしてこんなに無力なの……」

アイリーンの瞳に涙が溢れてしまった。クラウスと一緒にいて楽しい時間のはずなのに、こんな風に泣いては駄目だ。しかしこれから将来のことを考えると、父の計り知れない野望に胸が塞がれる思いだ。それでも涙をどうにか止めようとしているアイリーンを、いきなりクラウスが抱き締めた。

「無力じゃない――」

「ク……ラウス……」

突然のことにアイリーンが瞠目《どうもく》していると、クラウスがまるで何かを祈るかのような切ない声で囁いた。

「無力じゃない。君がそうやって平和を願っていてくれる限り、いつかきっとそれが大きな力となる」

「クラウス……」

アイリーンの声にクラウスが抱き締めていた腕の力を緩め、見つめてきた。彼の指先がアイリーンの頬を撫でる。

「君が諦めないと約束してくれたら、私も君の力になると誓おう。戦いによってこの大地を血で染めてはならない」

彼の金色の瞳に力が漲る。しかしすぐにいつもの優しい双眸へと戻った。

「私は本当のことを言えば、人が驕りにまみれて自滅していくのなら、それも自然の理《ことわり》の一つなのかもしれないと思って黙って見ているつもりだった。だが、アイリーン、君に出会って、初めて心から人間を救いたいと思うようになった。君のいる世界を守りたいと強く願う」

「クラウス、私――――」

熱い思いがアイリーンの胸に込み上げてきた。彼に出会って数か月。彼に対する思いが日に日に膨らんでいくのを感じずにはいられない。しかしその思いは決して楽しいだけではない。時にはどうしようもなく切なくて、狂おしいほど焦がれて胸が締め付けられることもある。苦しいのに、それでも彼を心から求めてしまう。

そう、これが恋なのだ。

アイリーンは自分の気持ちに少し前から気付いていた。種族が違う聖ドラゴン族の青年に叶わない恋をしている。人間が神の子孫、大陸の守護神とも言われる聖ドラゴンに恋心を抱くとはとても恐れ多いことだ。

私――――。

アイリーンは唇をきつく嚙み締めた。

私、今、クラウスに何を言おうとしたの――――？

決して口にしてはいけない言葉を言ってしまいそうになって、アイリーンは動揺した。

そのままクラウスの肩を強く押して彼の束縛から逃げようとするが、彼の腕に再び力が籠もる。

「逃げないでくれ――」

懇願の声にアイリーンの躰が動けなくなる。すると彼の両手がアイリーンの頬を包み込むようにして添えられた。

「愛している。君には迷惑な思いかもしれないが、黙っていることがもうできない。君に初めて会ったときから、恋に落ちていた」

「クラウス……」

アイリーンの声に誘われたかのように、クラウスの唇がアイリーンの唇に重なってきた。初めは短く唇を合わせるように、そして次はゆっくりと味わうように口づけをされた。

「いや、前言撤回だ。やはり逃げたほうがいい、アイリーン。そうでなければ君は私に捕まえられて、永遠に逃げられなくなってしまう」

「っ……」

アイリーンは反射的にクラウスの首に手を回した。このまま襲われてもいい。精一杯の気持ちでクラウスに自分の思いを伝えたい。

「私も……ずっとあなたが好きだったわ――」

彼の躰がぴくりと震えたのが首に回した腕から伝わってきた。そしてクラウスは、今度は躊躇《ためら》うようにゆっくりとアイリーンの躰を抱き締め返してきた。

「アイリーン……」

愛している――。

彼の愛の言葉がアイリーンの胸の深いところに降り積もるようだ。そしてじんわりと温かさをもたらす。

「クラウ……んっ」

名前を言い終える前に、それさえも待てないと言った様子で、いきなり激しいキスを仕掛けられる。情熱的に求められ、貪られる。

「んっ……」

キスの合間に甘い吐息が唇から漏れ落ちた。クラウスの冷たかった唇が次第に熱を帯び、アイリーンの唇をそっと温めてくる。それと同時にアイリーンの躰の芯にも官能的な熱が生まれ始めた。彼の唇がアイリーンの唇から離れ、そのまま顎《あご》を伝い、首筋に落ちる。彼が触れるところすべてから、じわりじわりと甘く蕩けそうな喜悦が生まれた。躰中の快感が彼の口づけによって呼び覚まされるようだ。

「君を私の花嫁にしたい――」

「クラウス……」

刹那、アイリーンの瞳から涙が溢れた。好きな人から求愛されることが、こんなにも胸を熱くするなんて、今まで知らなかった。

彼の男の色香を秘める唇にそっと指を這わせ、今の言葉が、本当に彼が発した言葉なのか確かめたくなる。もしかしたらアイリーンの幻聴かもしれない。

「君の幸せを考えると、このまま私は姿を消したほうがいいのだろう。だが、私は君を諦めることができない。君を不幸にするかもしれないというのに、君を手放すことができないんだ。許してくれ、アイリーン……っ」

彼の金色の瞳が揺れる。何か深い悲しみを抱いているようにも見えた。でもそんな彼の悲しみもアイリーンは引っ張り上げたかった。彼がどことなくいつも纏っている悲しみの世界から、できることなら少しでも救いたかった。

「手放さないで。私のことを本当に愛してくれているのなら、どうかずっと一緒にいて。私の幸せは……クラウス、あなたと一緒にいることなの」

アイリーンは彼にきつくしがみ付いた。

「アイリーン……」

熱い吐息交じりの囁きが鼓膜を擽る。

「君を不幸にするかもしれないのに……それでもいいのか?」

「不幸になるかどうかはわからないのに、そんな不確かなことで未来を決めたくないわ。それにあなたと離れてしまうほうが、私にとってもっと不幸なの」

「君という人は――っ」

再び強く抱きすくめられる。彼がもたらす熱に反応して、アイリーンの躰中の血液が沸々と煮え滾るようだ。啄《ついば》むようなキスが、まるで優しい雨のようにアイリーンの顔中に落とされた。そして狂おしげな瞳をアイリーンに向けた。

「アイリーン、私と君との間には解決すべき問題がたくさんある。そのうちの幾つかは君を傷つけることになるかもしれない。それでも君は私と共にいてくれるだろうか?」

「ええ、決して逃げないわ。私はあなたとずっと一緒にいると決めたから……。だからあなたこそ、私の気持ちをきちんと受け止めて――」

「アイリーン、私は君に隠していることがある」

「……隠している、こと?」

少しだけ不安になった。確かにアイリーンは彼のことを聖ドラゴン族の中でも、人間でいう貴族のような身分であることだけは知っていた。しかしそれ以外のことは聞いていなかった。彼という本人が純粋に好きであって、彼の背景に恋をしたわけではなかったからだ。

「それはとても大変なこと？」

　クラウスは首を横に振った。

「大変なことではあるが、解決できることだ。そうでなければ君にプロポーズなどしない。ただ、それは私一人の問題ではなく、第三者に了承を得ないとならないので、今ここで言うことができないんだ」

「クラウス……」

　アイリーンは急に不安になってきた。二人の間に見えない何かが立ち塞がっているような気がしてならない。するとクラウスの手がアイリーンの髪を優しく撫でてきた。

「そんなに不安な顔をしないで。大丈夫だ。君が心配することは何もない。ここで君にそのことが言えない私が悪いんだ。私は絶対君を花嫁にする。全能の神、サラディーナに誓って」

　額にキスを落とされる。

「愛している、アイリーン。私を信じてほしい」

「ええ、信じているわ」

　アイリーンはクラウスの腕の中に身を預けた。

「アイリーン……」

　クラウスの艶を帯びた声がアイリーンの鼓膜を擽る。愛おしさに顔を上げれば、金色の輝きを秘める美しい瞳とかち合った。

「これを君に――」

　そう言って、クラウスは自分の指から指輪を抜き取ると、アイリーンの指に嵌めた。サイズが大きくてクルンと指輪が回る。それだけ台座に嵌っている宝石が重くて大きい、即ち、たぶんとても高価なものだということはわかる。アイリーンは指輪とクラウスを交互に見遣った。

「……クラウス？」

「我が国に伝わる『女神《めがみ》の涙《なみだ》』と呼ばれる指輪だ。私が君を迎えに来るまで、これを君に預けておきたい。いいだろうか？」

「駄目よ、そんな大切なもの……」

「君に持っていてもらいたい。私のことを絶対忘れないように」

「クラウス――」

　アイリーンは慌てて自分の指から、先日仔猫を助けてもらったときにお礼として渡そうとしていたエメラルドの指輪を引き抜いた。クラウスの指輪にはとても及ばないが、それでもアイリーンが大切にしていた指輪だ。

「あなたの指輪とは比べ物にならないけど、せめてこれを持って行って。そして必ず迎えに来て――」

「アイリーン……」

クラウスはアイリーンから指輪を受け取ると、もう一度優しくアイリーンを腕の中へと閉じ込めた。

「私は国へ帰る。すぐに君のところへ戻ってくるから、待っていてくれ」

耳元で懇願され、アイリーンはそのまま彼にしがみ付く。そして二人でそっと見つめ合い、唇を重ねた。

そして翌朝、クラウスは故郷へと旅立ったのだった。

その後、しばらくして、アイリーンの父のもとに一通の親書が届けられた。

それはクラウスからのもので、己がレダ・アムール王国の国王であること、そしてアイリーンとの婚儀を望んでいるという旨が書かれてあった。

クラウスの正体にアイリーンは驚くしかなかった。彼が自分一人の問題ではないと、秘密を口にしなかった理由が遅まきながら理解できた。しかしそれと同時に、アイリーンには一抹の不安がよぎる。

父がレダ・アムール王国をないがしろにしているのは知っていた。そこから考えると、もしかしたら、この結婚の話はなかったことにされるかもしれない。

アイリーンは父の動向に気が気ではなかった。しかし――。

「でかしたぞ、アイリーン。レダ・アムール王国の聖ドラゴンの王に気に入られるとは、さすがは我が娘だ。お前は自分のやるべきことをすればいい。わかっておるな？」

「え？　自分のやるべきこと……？」

「まあ、今はいい。それにしてもめでたいことだ」

父は珍しく手放しで喜んだ。しかしそれがアイリーンの婚儀が決まったからと思ってはいけない。父の双眸が冷ややかな笑みを映し出しているのが気になる。

「早速、婚儀の準備をせねばいかんな。さあ、とりあえず今夜は祝宴だ。皆でお前の結婚が決まったことを祝おうではないか」

「お父様……」

このときからアイリーンは小さな胸騒ぎを覚えるようになった。

＊＊＊

そうしてアイリーンは結婚式を来月に控え、レダ・アムール王国へとやってきていた。

アイリーンはあのときにクラウスから貰った指輪『女神の涙』をそっと指で撫でた。

この指輪は代々聖ドラゴンの王が身に付ける指輪の一つで、次の国王へと引き継がれる王位継承権を象徴《しょうちょう》する由緒正しいものであった。今思えばそんな国宝級の指輪を知らなかったとはいえ、簡単に預かってしまった自分に青くなる。そして今もチェーンに繋げ、アイリーンは失くさないようにネックレスとして身に付けていた。

彼の大切な指輪を預かっていることで、自分も身が引き締まる思いがする。そしてそれはアイリーンが王妃の自覚を促すものともなった。

クラウスの評価が私のせいで下がったりしないように、私もできるだけのことをしなければ……。

愛しているからこそ、頑張ることができる――。

アイリーンは首から下げていた指輪をぎゅっと握り締め、目の前のクラウスの背中を見守った。

彼はたった今『星祭』で大勢の人が見守る中、バルコニーに立って聖魔力で釣鐘草を夜空に舞い上げたところだった。ぼんやりとした光を灯しながら、釣鐘草が夜空いっぱいに、ふわりふわりと浮かんでいる。そこへ大きなドラゴンが何頭もやってきて、釣鐘草が夜空を照らす中、所狭しと飛び交っていた。

「綺麗……」

クラウスの聖魔力をそれまで静かに背後で見守っていたアイリーンは、その幻想的な美しさに思わず声を出してしまった。するとクラウスが振り返った。

「アイリーン、こちらに」

クラウスの手招きに、アイリーンがバルコニーへ出ると、城内の広場に集まった人々から一斉に歓声が上がる。聖ドラゴン族だけでなく、各国から『星祭』を観に来た人々も交ざっていた。

「おお、クラウス陛下の婚約者様だ！」

「未来のお妃様だよ！」

誰もが嬉しそうにアイリーンを迎えてくれた。

「皆に手を振って挨拶を、アイリーン」

「あ、はい」

アイリーンはつい観衆に圧倒されて立ち尽くすだけだったのを、クラウスに促され慌てて手を振った。再びどっと歓声が沸く。聖ドラゴン族だけでなく大陸中の人々がアイリーンをクラウスの花嫁として受け入れてくれたようで、胸に幸せが込み上げてくる。

私……この国に嫁いで、クラウスと一緒に幸せになるわ。そして平和で豊かな大陸になるように、努力すると誓うわ。

アイリーンは傍らに立つ未来の夫、クラウスを見上げた。クラウスもまたアイリーンを見つめており、そのまま人々の前で口づけを交わした。人々から今晩で一番の歓声が沸き起こる。

「さあ、私たちはこれで退出しよう。これから王都の中央広場にて、夜通しで星祭を祝う踊りが始まる。ここで私たちを祝福してくれた皆もそちらへ移動せねばならないからな」

クラウスはアイリーンの手を取ると、バルコニーから部屋の中へと移った。部屋には使用人が待機しており、クラウスがカウチに座ると、飲み物や果物などを用意して、すぐに退出していった。

アイリーンもクラウスの隣に座り、飲み物に口を付けた。それは林檎《りんご》の炭酸水で、儀式からの緊張ゆえに渇いてしまった喉を優しい刺激と共に潤してくれた。

「……美味しい」

つい口に出すと、クラウスがそっと双眸を細め、幸せそうに微笑んでくれた。

「アイリーン、君はずっと後ろで私を見守ってくれていたんだろう？　立ちっぱなしで疲れていないかい？」

「私は平気よ。それよりも聖魔力を使って儀式をしていたあなたのほうが、もっと疲れているに違いないわ。大丈夫？」

「大丈夫だ。毎年のことだからもう慣れている」

こんなにたくさんの釣鐘草に光を灯し、夜空に舞い上げるのだ。それなりに力を要するのは、何もわからないアイリーンにも簡単に想像できる。だがアイリーンを心配させないようにと気遣い、そう言ってくれるクラウスの気持ちを考えると、それ以上は何も言えなかった。ただ黙って彼の胸に頬を預けるのが精一杯だった。

どうか、クラウスの負担になりませんように――。

そう願いながら、彼の体温を感じていると、まるで壊れ物でも扱うかのようにそっとクラウスが抱き締めてきた。

「君にそんなことをされると、理性がぐらつくよ。星祭でなければすぐにここで君を押し倒したいくらいなんだ。誘惑をしないでほしいな」

ウィンクをしてお茶目な様子で言われ、アイリーンも破顔した。

「クラウス……」

そのままアイリーンもクラウスの背中に手を回し、抱き付いた。

「ずっと一緒よ――――」

そう呟いてしまったのは心のどこかに不安があるからかもしれない。

「ああ」

彼がアイリーンの髪を優しく撫でてくれる。その優しさに胸が詰まるような思いがした。

絶対手放したくない幸せ――――。

父を、祖国を敵にしたとしても、彼を守りたい。だから――――。

「クラウス、私を本当の意味であなたの番にしてほしいの……」

「アイリーン……」

クラウスが腕の拘束を緩め、アイリーンを見つめてきた。

番――――。人間で言う夫婦の関係と似ている。違うのは、聖ドラゴンと人間では子供を成せないということだ。そしてもう一つ大きな違いは寿命の違いだった。

聖ドラゴンと人間では寿命の差が大きすぎた。もし人間と聖ドラゴンが結婚したのなら、人間であるほうが、かなり早く死んでしまうということを意味する。

人間と聖ドラゴンの間にある高い壁。愛する人に先に死なれる。または愛する人をたった一人ぼっちにして置いて逝《い》かねばならない。

寿命の差が大きいために起こる最大の不幸だ。

しかしたった一つだけすべてを回避できる方法があった。それが『番の儀式』だ。人間が聖ドラゴンへと種族を変えられる唯一の儀式である。元来の聖ドラゴンのようにドラゴンそのものにはなれないが、それでも子供を成すこともできれば、寿命も聖ドラゴンのそれに相当するものとなる。

しかしその儀式の成功率は五割とされ、半数は失敗し、死に至ることとなる。人間が聖ドラゴンになるということはそんなに簡単ではなかった。

「私……番の儀式を受けてみたいの」

「アイリーン！」

クラウスは金の目を大きく見開いた。

「危険だ。君にもしものことがあったら、私は生きていく自信がない」

「でもこのままだと、遅かれ早かれ、私はあなたよりずっと早くこの世からいなくなるわ」

「っ……」

彼の躰が僅かに震えたのがアイリーンの指先から伝わってきた。彼自身が一番それを恐れているのを、アイリーンは気付いていていた。

「だから、この儀式を受けてみたいの……」

「しかし――」

クラウスはそう言いかけてカウチから立ち上がると、頭を冷やすためか、先ほど立っていたバルコニーへと出た。既に眼下の広場に民衆はいなかった。皆、王都の中央広場へと向かったのだろう。辺りは静かな夜気に包まれ、淡い光を灯した釣鐘草が無数に空を漂っている。アイリーンもクラウスを追って、バルコニーへと向かった。

「クラウス……」

クラウスがアイリーンの声に振り向く。青褐色の髪が釣鐘草の灯りに照らされ、ぼんやりと淡く光っているのがとても綺麗だった。何とも言えない幻想的な風景がそこには広がっており、アイリーンはその景色の美しさに、一瞬息を呑んだ。

人間の住む国とは違う、聖ドラゴンの国――。

彼はその聖ドラゴンの国を統べる王だ。アイリーンにとっては、聖ドラゴンというだけでお伽《とぎ》の国の話のようなのに、さらにクラウスはその王である。ただでさえ現実味がなく、今にも彼が消えていなくなりそうなのに、父は何かを企んでいそうで、そしてそれはクラウスにとって、あまり喜ばしいことではない気がして、アイリーンを不安に陥らせる。

「っ……」

アイリーンは、その不安から逃れるようにして、クラウスにしがみついた。クラウス自身もアイリーンの抱く不安に気付いたのか、そっと抱き締めてくれる。

「アイリーン……」

「お願い、私に儀式を受けさせて――」

懇願する。もし、万が一、アイリーンに何かあって、父がクラウスの命をとるようなことがあってはいけない。クラウスを守るためにも、アイリーンは儀式を受けて聖ドラゴンとなり、真の意味でクラウスの『番』となりたい。しかし――。

「――私は君を失うことが一番怖いんだ」

優しくアイリーンに言い聞かせるように、クラウスはそう告げてきた。彼の表情は笑っているのに、泣いているように見える。

その表情から、彼自身がとてもアイリーンを大切に思ってくれていることが伝わってくる。そしてその思いはアイリーンも一緒だ。

絶対失いたくない世界で一番大切な人。

「――クラウス、私にとって一番怖いことは、優しいあなたを置いてこの世を去ることなの。あなたを一人ぼっちにさせてしまうことが、一番怖いことなの」

「アイリーン……」

「だからこの不安から私を救うためにも、あなたに覚悟してほしいの。私に儀式を受けさせて。今のままでは私はいずれあなたを置いて死ぬことになるわ。どうせ死ぬのなら、私は儀式を受けて死にたいの」

「っ……」

再びクラウスに荒々しく抱き締められ、彼の吐息がアイリーンの首筋に当たる。

「君にこんな運命を背負わせたくなかった――」

「どうして？　私はあなたに会えた運命に感謝しているわ。だからこそ、少しでもあなたと一緒にいられるように努力したいの。あなたのことが一番大切で、世界で一番愛しているから――」

「アイリーン、君は――」

君は、なんて強い人なんだ――。

クラウスの深く甘い声がアイリーンの鼓膜を震わせる。

「私は君のためにも、勇気を持たなければならないのだな」

そう言うと、クラウスは抱き締める手を緩め、アイリーンの瞳を見つめてきた。金色の虹彩が理知的な光を放っていた。彼の気持ちが固まったのだろう。金の瞳からは揺らぎは消えていた。

「――君に辛い思いをさせると思う。だがそうとわかっているのに、別れられない。私は君を解放することができない。君を危険な儀式に参加させなければならないのに、それでも手放せないんだ。君が不幸になっても私に縛り付けたいと思っている自分がいる……怖いだろう？」

「私は不幸でもないいし、それにあなたのことを怖いなんて思ったこともないわ。私こそあなたに縛り付けてほしいと思っているの。だからそんなこと全然平気よ。それよりも私を絶対手放そうなんて思わないで。ましてや別れるなんて、絶対嫌。そんなことになるほうがずっと辛いわ……」

アイリーンはもう一度クラウスの胸にしがみついた。彼もまたアイリーンをきつく胸に閉じ込めてきた。

「アイリーン……ずっと私の傍にいてくれ」

「ええ、ずっと傍にいるわ。だからクラウスこそ、絶対私を手放さないで。二人で一緒に生きていくことを諦めないで」

「ああ――」

クラウスはやっとアイリーンに番の儀式を受けさせる決心をしたようだった。アイリーンもようやく真の意味でも『番』になれることに、幸せを噛み締める。

私、絶対負けないわ。必ず儀式を成功させて、クラウスの隣に戻って来るわ……。

アイリーンはぼんやりと仄《ほの》かに光を灯す釣鐘草と、悠然と夜空に舞うドラゴンたちを背にし、愛しいクラウスに心の中で誓ったのだった。


このとき、自分たちはこれで幸せになれると、ただやみくもに信じていた。

あと数か月で新しい年、ガウデ暦一四五三年を迎える。

その年に、アイリーンの父親がレダ・アムール王国に侵略を開始し、聖ドラゴンと人間の戦いの中で史上最大とされる、『星雲の戦』が始まるとは、二人ともまったく知る由もなく、ただ、切ないほど一途《いちず》に幸せになれると信じていた――。

＊＊＊

あれから二百年以上経った今でも、あのときのことは、まるで昨日のことのように覚えている。消えることのない悲しい記憶だ。

「もう二度とあのような思いはしたくない。あのとき、私がアイリーンを手放さなかったために、彼女は死んだのだ。たとえ生まれ変わろうとも、聖ドラゴンの私に縛られた運命を彼女に背負わせたくない」

クラウスは目の前にいる二人の友人に金色の瞳を向けた。いつもクラウスのことを思い、行動してくれていることには感謝している。しかし今回のことばかりは、苛立ちを覚えた。

クラウスは踵《きびす》を返し、部屋から出ていこうとした。

「――鱗をお渡しになったんですね」

するとサルージャの声が背後から聞こえた。

「知りませんでした――」

サルージャの寂しげな声につい振り返ってしまった。

「陛下がいつ城を抜け出して、アイリーン様にお会いになり、鱗をお渡しになったのか、私は、知りませんでした」

「っ……」

もしアイリーンが地上に生まれ変わったとしても、二度と彼女とは会わないと決めていた。だが、自分の中にまだ燻っていたアイリーンへの狂おしい恋情に抗うことができず、あの日、一日だけでもその姿を見ようと、城を密かに抜け出したのだ。そして、彼女に二度と災いが降りかからないように、御守りとして自分の鱗を手渡した。鱗には聖魔力が宿り、彼女から災いを遠ざけることくらいはできる。そう思って一番硬くて、力の強い心臓の部分の鱗を渡したのだ。

　このことはサルージャやリヤード、他の誰にも知らせずにいた。クラウスがアイリーンに少しでも関心があることを知られたくなかったのだ。もし知られたら、きっと無理やりアイリーンを国に連れてきてしまうだろうと、何となく予測がついていたからだ。

　しかしその願いも叶わず、彼らはクラウスの思いを裏切り、秘密裏にアイリーンを花嫁として連れてきてしまったが――。

「アイリーン様が大切にお持ちになっていた鱗は、陛下の心臓を守る部分の一番硬い鱗です。抜いたとしても再び生え揃うまで一年はかかります。それは一年もの間、陛下のお命を脅《おびや》かすことも意味します」

　クラウスは何も答えず、再びドアへと向かった。しかしサルージャの声は引き止めるかのように続いた。

「それほどまでして、アイリーン様を大切にされているのに、どうして今度は絶対守ってやるとアイリーン様に約束されないのですか？　二百年前と今ではまったく状況も違うのですよ。今こそ過去に叶わなかった約束を果たすべきではないのでしょうか？」

　約束――。

　昔、アイリーンと数え切れないほど未来について約束をした。結局それらはどれも叶わず、心臓を切り刻まれるような痛みと残酷さをクラウスに残しただけだった。

もう駄目だ。彼女と約束をしてはいけない。そんなことで彼女を縛ってはいけないのだ。

深く、重く瞼を閉じる。吐き出す言葉が鋭い刃《やいば》となって、自分自身の心臓を突き刺すようだ。

「――不確かなことを口にすることに満足を見出せないだけだ。それに約束は夢の連鎖だ。私にはもう未来に夢はない。アイリーンと約束することは何もないんだ」

「陛下……」

「わかっている。アイリーンのことは考える。彼女をこの王国に迎え入れてしまったのだ。このまま故国に何事もなく帰すことはできないのは理解している。彼女が故国に帰れる方法を模索するしかない」

「陛下！」

「それが、お前たちが望むような形ではないのは重々わかっている。だが、諦めろ。私は彼女を娶るつもりはない」

クラウスは自分に言い聞かせるようにサルージャとリヤードに告げたのだった。

◆【第四章】◆　前世の記憶

レダ・アムール王国に着いて三日目の朝、アイリーンは目が覚めると、自分の頬が涙で濡れているのに気付いた。

どうして私、泣いているのかしら――？

思い当たる節がない。しかし何か夢を見ていたことは薄らと覚えていた。とても幸せな夢だった気がするが、どうしてかアイリーンの胸に残っている思いは寂しさばかりだった。

夢では笑っていたような気がしたのだけど――。

何とも不可思議な思いでベッドから起き上がった。

『アイリーン……ずっと私の傍にいてくれ』

そう願ってくれた人は誰だったのかしら？　縋るような思いで、私が一緒にいようとしたのは誰――――？

思い出せそうで思い出せないもどかしさに、アイリーンは焦《じ》れた。しかし自分がその彼に答えた言葉がふと心の片隅に蘇《よみがえ》る。

『ええ、ずっと傍にいるわ。だから×××こそ、絶対私を手放さないで。二人で一緒に生きていくことを諦めないで』

相手の名前の部分が思い出せない。だがアイリーンの脳裏に印象的な髪の色が浮かび上がった。

あの色は――――。

珍しい髪の色で、アイリーンもその色の髪をした人物を一人しか知らない。

「あ……あれはクラウス陛下の髪の色、青褐色――――」

相手の正体がわかった途端、胸の鼓動が跳ね上がった。ほとんど夢の内容は覚えていないが、夢の中で、アイリーンはとても彼のことを大切に思い、またクラウスもアイリーンのことを心から愛してくれていたような感じがした。

夢なのに、実際の出来事であったような感覚――――。

「私……陛下と親しくありたいと思っているから、こんな夢を見たのかもしれないわ」

それにしては切ない思いも深く胸に残っている。自分の願望が夢に出ているのなら、苦しい思いを抱くのもおかしい気がした。それに溢れるほどの悲しい感情が心に残っているからこそ、今の夢が夢ではなく、現実のように思えてしまう。夢にしては胸に残った感情が生々しかった。

「この城に来たときも、どこか見覚えがあるような気がしたのは、何か夢と関係があるのかしら……」

この城に来てから、既視感を覚えることが多く、アイリーン自身も戸惑いを隠せない。やはり記憶にはないが、一度ここに来ているのかもしれない。

そう考えると、クラウスがアイリーンに名前を授けたことにも、きっと何か大きな意味があったのだろうと思える。

一体、私たちの間に何があったの？

私が子供の頃、黒衣の騎士のあなたに憧れて淡い恋心を抱いたのは偶然じゃないの？

私はもしかして昔からあなたを知っていて、だから再びあなたに恋をしたの――？

未だほとんど言葉を交わしていない未来の夫となるクラウスが気になって仕方がない。

覚醒直後で気が昂《たか》ぶっている彼に、荒々しく処女を奪われてしまったが、それに対してはどうしてかあまり怒りは残らなかった。それよりも、彼のことを愛しいとさえ思ってしまった。抱かれている間もどこか懐かしいような感覚に襲われ、そちらのほうに気を取られたからかもしれない。猛々しい行為であったのに、彼自身から優しさと愛情を受け取ったような気もした。

とても不思議な感じだ。お互いそれぞれ一人の人間であるのに、目に見えないもっと深いところで繋がり、まるで二人で一つであるような、そんな感覚。

この感覚には意味があるに違いないわ。クラウスが生まれたばかりの私に名前を与えてくれたことに、きっと繋がっているはずよ……。

アイリーンはベッドから下りて、朝陽が差し込む窓辺へと歩いた。部屋のドアをノックする音がする。返事をすると、アイリーンの朝の支度の手伝いに、シャイナがやってきた。

「よくお眠りになられましたか?」

「ええ、シャイナも眠れた?」

「とても寝心地のいいベッドでよく眠れましたよ」

シャイナは冗談交じりで返答し、手早く朝の支度をし始めた。

「そういえば、少しクラウス陛下のことを仕入れてきましたわ」

「陛下のことを?」

「ええ、この王城の使用人からいろいろと話を聞きましたの」

どうやらシャイナはシャイナで、城内で働く使用人たちと良い関係を築こうと奔走していたようだ。

「クラウス陛下はもう十年ほど眠っていらしたそうですよ。でもここ数日、時々目を覚まされるようになり、本格的な覚醒も近いという話です。姫様がクラウス陛下にお会いできるのも、そう遠い話ではないかもしれませんわ」

「そ、そうね……」

アイリーンはシャイナにクラウスに会ったことを話していなかった。あんなことがあったのだ。とても彼女に言うことなどできない。それに、側近のサルージャから、王がいつ目覚めるかわからないとも言われていたので、シャイナもアイリーンに王について何か聞いてくることもなかった。そういうことも併せ、今まで話せずにいた。

「そうそう、眠りから覚醒した聖ドラゴンは、理性よりも本能のほうが勝っていらっしゃるそうで、危険だから近づかないほうがいいとも聞きましたわ。姫様も万が一、クラウス陛下の覚醒時に遭遇されましたら、お逃げになってくださいね」

――もっと早く聞きたかったわ。

思わず声に出そうになって、口を噤《つぐ》む。既に覚醒時の野性の本能に支配されていたクラウスに襲われた身としては、心の中だけで呟くしかない。

「それと、皆様からどうぞ陛下を宜《よろ》しくお願いしますと、強くお願いもされてしまいましたよ」

　シャイナは慣れた様子で、アイリーンのコルセットの紐を締めると、そのままドレスを着せ始めた。

「なんでも、陛下は伴侶を得ないと、益々寝ている時間が長くなり、最後は目覚めなくなるそうなんですよ」

「……目覚めなくなる？」

　初めて聞いた話だった。

「ええ、どうやら生死が関わる話みたいですね。このまま伴侶を得ないと、死に至るそうですよ。なので、国中で国王が姫様と結婚されることを望まれているとのことです」

「生死が関わるって……聖ドラゴンの人たちはみんな、そうなの？」

　まさか自分との結婚が彼の命を左右する、そんな重いものとは思ってもいなかった。

「聖ドラゴンの人たちの言う『番』というものを一度でも持たれると、そうなるそうですよ」

「一度でも持たれる……って。クラウス陛下は一度、ご結婚されたことがあるの？」

　大きな衝撃がアイリーンの躰に走った。同時に胸が張り裂けそうな気持ちになる。押し寄せる胸の痛みに耐えていると、アイリーンの様子に気付かず、シャイナが言葉を続けた。

「それが、ご結婚はされたことはないそうなんですが、それ以上は緘口令《かんこうれい》が敷かれているようで、口を閉ざしてしまって……。ただ、姫様に不義理はしていない、の一点張りで……。ご結婚をしていらっしゃらなくても、何か特別なことがおありかもしれませんね」

「そうね。陛下も二百五十歳ほどだとお聞きしているから、心を通わせた女性が一人、二人いても不思議ではないですものね」

アイリーンは気落ちする自分をなんとか慰めようとした。自分でもどうしてこんなにショックを覚えるのかわからない。初めから歳の離れた男性との結婚だ。過去の女性のことも含めて納得しているつもりだった。

でも……クラウス陛下に他の誰かがいたって思うと、胸が苦しい……。

子供の頃に出会ってから憧れていた男性だからだろうか。もうずっと前からアイリーン自身、彼のことを愛していたように思える。

だから知らない女性にまでも嫉妬《しっと》めいた感情を持ってしまうんだわ……。

ほとんど会ったことのないクラウスに、いつの間にか自分がこれほどまでに愛情を傾けていることにも驚きを覚える。

本当に昔から彼を愛していたような感じ……。

やはりまたそんな不思議な感覚を持ってしまう。

アイリーンの複雑な心とは裏腹にシャイナがにこやかに声を掛けてきた。

「でも城の使用人はほとんど姫様のお味方のようで安心しました。皆、陛下と姫様の結婚をそれは心待ちにしておいでででしたよ」

今は皆が祝福してくれることを、まずは喜ばなくてはならない。漠然とした不確かなことで不安になっていては駄目だ。

アイリーンはそう思い直し、自分を鼓舞《こぶ》して笑みを浮かべた。

「それは嬉しいわ。私こそ受け入れてくださる皆さんに感謝しなくては」

いろいろ不安や疑問はある。例えば、何故、クラウスに対してどこか記憶に引っ掛かるような、懐かしい感情を抱くのか。どうしてレダ・アムール王国の国王でもある聖ドラゴンの妃に、人間であるアイリーンが選ばれたのか――。

わからないことはたくさんあるが、きっとここで暮らすうちに、すべてが解き明かされるときがくるはずだ。それまで辛抱強く、アイリーンは待つしかないのだろう。

何となく、焦ってすべてを知ろうとすると、大切なものを失ってしまう気がするから……。

アイリーン自身も知ることを怖いと思ってしまう自分がいるのに気が付いた。自分の心のどこかで何かを勘付いているからかもしれない。

「さあ、綺麗にお支度ができましたよ。これで、いつどこでクラウス陛下にばったりとお会いしても、大丈夫ですよ」

シャイナのわざとおどけた様子に、アイリーンも気持ちを切り替えたのだった。


王城の大きなダイニングルームで、使用人に囲まれながらアイリーンが一人寂しく朝食を終える。長いダイニングテーブルの向こう側には、本当はクラウスが座るはずの椅子が用意されていた。だが、アイリーンが来てからまだ一度もその椅子が使われたのを見たことがない。

アイリーンが食後のお茶を飲むためにドローウィングルームへ移ろうとすると、リヤードがやってきた。

「アイリーン様、昨日からクラウス陛下が完全に目をお覚ましになり、アイリーン様とお会いしたいと仰っております。今からお越しいただけますでしょうか？」

「え？　陛下が……？」

正確には昨日会っているが、正式に会うのはこれが初めてだ。ただし、ここにいるリヤードとサルージャ、そしてごく僅かな使用人だけは、昨日クラウスとアイリーンの間で何があったかは知っている。

「数日前から時々、僅かばかり目を覚まされてはいたのですが、アイリーン様がいらしたことで、完全に覚醒されたようです。まさにアイリーン様のお陰でございます」

「私のお陰？」

「番となる方の気配には敏感でございます。陛下もアイリーン様の気配で覚醒したのかと思われます」

「私の気配……」

そういえば、クラウスも本能に凌駕されながらも、アイリーンを番だと認識していたことを思い出す。

『私に生きる精力を与えられる……。それが番の持つ力だ』

アイリーンだったからこそ、彼があれほどまでに理性を失ったのだろうか。

そうだったら、嬉しい……。

そんなことを考えてしまう。

「サンルームにお茶をお持ちしますので、そちらへお移り願えませんでしょうか？」

「ええ、わかりました」

「場所はおわかりでしょうか？　よろしければ案内する者を呼びますが……」

「大丈夫です。途中、シャイナに一言声を掛けたいので、一人で参ります」

アイリーンはリヤードの申し出を断って、一人、ドローウィングルームを出た。


朝食後、刺繍《ししゅう》を教えてもらうことになっていたシャイナに事情を告げ、アイリーンはサンルームへ行くため、光の差し込む長い回廊を一人で歩いていた。頭の中を占めるのは今朝に見た不思議な夢のことばかりだ。

『アイリーン……ずっと私の傍にいてくれ』

切ないまでのクラウスの声が何度もアイリーンの脳裏に響く。

でも……私はどうして彼と離れ離れになってしまったのかしら？　それに私が子供の頃、クラウスに会ったのは、もしかして彼が私に会いに来てくれた……？

考えれば考えるほど意味がわからなくなる。アイリーンは小さく溜息を吐くと、そのまま回廊を進もうとした。しかし、ふと我に返れば、いつの間にか見知らぬ場所に来ており、どこかで方向を誤ったことに気付く。

「あ……私、ぼんやりしていて、間違えてしまったわ」

慌てて今、歩いてきた回廊を戻る。しかし目にした風景に、ふと既視感を覚える。

ここ……昔、来たことがあるような気がする……。

アイリーンは好奇心に煽られ、再び前へと歩き始めた。やがて回廊の先が一つの建物に繋がっているのがわかる。この建物にも見覚えがあった。以前、ここをとても急いで走ったことさえ思い出す。

違うわ。思い出す、じゃないわ。だって私、この国に来たのは初めてのはずよ。この変な記憶は何かの間違いだわ。

次々と沸き起こるおかしな感覚に怖くなり、思わず否定する。なのに、ここを走っていたときにアイリーンが抱いていた感情も生々しく胸に蘇ってきた。

『クラウス、クラウスッ！　クラウスを助けないと――――！』

何故、私はそんなに必死に走っているの？　この胸が張り裂けそうなほどの不安は何？

私、知っているわ。この回廊の先にある建物はクラウス個人の聖堂で、いつも戦に出陣するときに全能の神、サラディーナの加護を願っていたはず――――。

だけど、あのときは違った。クラウスは大きな傷を負い、最後の戦いを前にここで己の聖魔力を増幅させていた。それは弱っている躰では負担が大きく、彼は命を削って王国を守ろうとしていた。

どうして私、まるで見たことがあるように知っているの――――？

そう思ったと同時に、いきなりアイリーンの視界がぐにゃりと歪んだ。目の前に迫っていた聖堂に繋がる古びた大きな扉が、急に新しいものに変わったように見えた。

え――――？

風景が微妙に変わる。まるで時を遡ったかのように周囲の建物が僅かに新しくなったような気がした。そして一番大きく違ったのは、空だった。空に浮かぶ王国のはずだったのに、回廊から見える空は、アイリーンの国から見える空と変わらなかった。

どうなっているの？　ここはどこ？　いえ、いつ？

『クラウス、クラウスッ！　クラウスを助けないと――――！』

再び先ほどと同じ感情がアイリーンの脳裏を支配する。理由がわからないのに、胸の鼓動が速まり、アイリーンを不安に突き落とした。

私――――？

アイリーンが自分の胸を手で押さえたときだった。いきなり、目の前に焔が立ちはだかった。

ゴォォッ！

よく見るとあちらこちらから火の手が上がっている。遠くからは兵士の怒号さえ聞こえてきた。

白昼夢でも見ているのだろうか。しかしアイリーンの動揺とは裏腹に、魂は、今何をすべきかわかっていて、自然と躰が動き始める。

「あ……」

アイリーンは迷わず、聖堂へと走った。どうしてか、すべてを知っていた。野心家の父がこの国を攻めてきて、クラウスの命を狙っているのだ。

父――？　違う、お父様じゃないわ……。お父様は野心家じゃない。戦争がお嫌いな優しい国王のはずよ。でも、今のこの私の父親は違う。今のお父様じゃない。別の男性だわ。

どういうこと――？

アイリーンの心は、よくわからない今の状況にかき乱されているというのに、もう一人のアイリーンはすべてを理解し、真っ直ぐに突き進んでいく。

「クラウスを……クラウスを助けなきゃ……」

焔は容赦なくアイリーンに襲い掛かって来る。気が遠くなりそうな業火の中、アイリーンはやっとの思いで聖堂の大きなドアを押し開けた。まだ父の軍が押し入っていない聖堂は、厳かな雰囲気を辛うじて残していた。その中央に、青みがかった黒、青褐色のドラゴンが血まみれになって蹲《うずくま》っている。クラウスだ。

アイリーンはクラウスを見つけるとすぐに駆け寄った。

「クラウスッ！」

ドラゴンの姿に変えたクラウスの足には大きな足枷が嵌められていた。鎖は切れていたので、自分で引き千切ってきたのだろう。そして背中には鋼鉄の槍《やり》が何本も刺さっていた。人間が聖ドラゴンを仕留めるときに使う槍だ。罠に掛かった聖ドラゴンの足を太い鎖で縛り付け、皆で残酷に刺し殺すのに使う特別な槍だった。その槍をこれほどまでの本数、刺されたのなら、普通の聖ドラゴンなら死に至る。

「クラウス――っ……」

すぐに彼の身に起こったことが想像できた。アイリーンの父がクラウスに客人として近づき、クラウスを罠に掛けたのだ。

聖ドラゴンが人間に殺されることなど万に一つあるかないかだ。それくらい聖ドラゴンの聖魔力は優れている。しかしアイリーンの父は、アイリーンをしたたかに利用し、クラウスがあまり抵抗できない状況にゆっくりと追いやり、巧妙に追い詰めたのだ。クラウスもアイリーンの実の父親であるからこそ殺すのを躊躇い、そしてその甘さゆえに罠に落ちたのだろう。

クラウスと父を二人っきりにしてはいけなかったのに――。

アイリーンは自分の不甲斐なさに怒りさえ覚えた。どこかで父の残忍さを甘く見ていたのだ。婿でもあるクラウスにそんな酷《むご》いことをするわけはないと、根拠なく信じていた。子供の頃から父の冷酷無比《れいこくむひ》な行為を耳にしていたのに、最後に父を信じて見誤ったのだ。

「クラウス、クラウス、死なないでっ！」

アイリーンはクラウスにしがみついた。彼の血で全身が濡れるのも厭《いと》わなかった。聖ドラゴンになったクラウスはアイリーンの四倍ほどの全高で、必死でしがみついても、彼の足元を抱き締めるのがせいぜいだ。とても彼の怪我を癒《い》やすこともできない。

彼の双眸が薄らと開かれる。彼の力が尽きようとしているのが、アイリーンにもわかった。

「いやっ……お願い、クラウス、死なないで。愛しているわ！」

彼の躰がぴくりと動く。アイリーンは必死で彼の硬い鱗に頬を寄せた。

彼を失いたくない。失ったらアイリーンは生きていけない。

世界で一番、自分よりも大切な人――。

「こっちだぞっ！」

聖堂の外から大勢の人間の足音が響いてきた。アイリーンはその声に入口のほうを振り返り、クラウスを背中で庇《かば》った。もちろん、この体格の差では庇えるはずはない。しかしそれでも敵が父の軍であるのなら、アイリーンにも勝算がある。

「いたぞっ！」

声と共に、大勢の兵士が聖堂に駆け込んできた。アイリーンはその兵士をきつく睨《にら》みつけた。

「下がりなさい！」

「ひ、姫様……」

アイリーンの声に兵士たちが一瞬怯む。さすがに皇女アイリーンに剣を向ける兵士はいなかった。一斉に剣を下げる。

もうアイリーンにはクラウスを助けるためには自分の立場を利用するしかなかった。卑劣な祖国、マーディア帝国の皇女として振る舞うことが、情けないが唯一の手立てだ。父の所業がどんなに憎く、許せなくとも、クラウスを助けるためになら、その父の娘という立場さえも使う。自分の気持ちは二の次だ。

「聖ドラゴンに刃を向けるとは、神のご加護を放棄するにも等しい所業です！　剣をしまい、ここから出ていきなさい！」

兵士たちがお互いを見遣り、どうしようかという迷いを一瞬見せた。だが――。

「アイリーン、何を騒いでおる」

「お……父様……」

アイリーンが顔を上げると、父が護衛を引き連れて聖堂に入って来るのが見えた。同時にアイリーンに怒りが込み上げる。

「お父様、見損ないました。こんな卑怯な真似をなさるとは最低ではありませんか！　神は絶対にお赦《ゆる》しにならないわ！」

父に向かって真剣に訴えるも、父は口許を醜く歪め、アイリーンの必死な声に鼻で嗤《わら》い返した。

「神？　何が、神だ。そんなありもしないものに囚われるほうが愚かだ。己の勇気がないのを妄想のせいにしているだけであろう？　やらずに済ませようとする怠惰《たいだ》な人間の言い分に、まさかアイリーン、お前も毒されておろうとはな。お前にそのような教育を施した教育係を罰せねばならぬな」

「っ……」

「姫を捕えよ」

冷酷な響きを持つ父の声が聖堂に響く。すぐにアイリーンに兵士らが近づき、両手を拘束した。

「お父様っ！」

アイリーンが声を上げると、クラウスがアイリーンを助けるためか躰を動かした。槍が刺さった傷口からは大量の血が溢れ、聖堂の床の血だまりを大きくする。

クラウスはアイリーンを守るために起き上がろうとするも、そのまま横倒しになってしまった。彼に、もうほとんど力が残っていないことを目の当たりにする。

「クラウスッ！」

「ふっ、レダ・アムールの王もここまでだな」

「お父様っ！」

「アイリーン、もうお前の役目は終わった。ほとんど使い物にならなかったがな。まあ、だがこの王国の心臓部まで入り込めたのは、唯一、お前の働きのお陰ではあるな。お前が私をここまで導いたのだ。そういう意味では、でかした、と褒めるべきか？」

「な……」

「レダ・アムール王国へ嫁ぐ理由もなくなった。お前も肩の荷が下りたであろう？」

どうして父はクラウスの前でそんなことを言うのだろうか。それではアイリーンがクラウスを裏切って、父の味方をしたようにもとれてしまう。

もしかしたら父はクラウスに絶望を与えたいのかもしれない。最愛の婚約者にも裏切られたと思わせたいがために、今ここでそんなことを言うのだろうか。

そんなこと、絶対許せない。父であろうとも、これ以上、躰だけでなく心までクラウスを傷つけるなんて、絶対に許せないわ――――!

「私はクラウスを裏切ったりはしないわ!」

クラウスの大きな躰が少しだけ動いたのが気配でわかった。アイリーンの声が彼に届いているのだろう。

「お父様、私はこんなことのために、クラウスと結婚しようとしたのではないわ! 人間と聖ドラゴンが共に手をとり、平和に過ごせるように、クラウスと一緒に生きていくと決めたの。お父様こそ、みっともない野心など捨てて!」

「みっともない? 人間を脅かすものを排除することのどこがみっともない野心なのだ? それとも、いつ人間に害をなすかわからぬ生物をのさばらせるほうが、いいというのか?」

「詭弁《きべん》だわ。お父様は世界が欲しいだけ。すべてを手に入れたいだけだわ!」

「それのどこが悪い?」

父の双眸が冷ややかに細められる。それでもアイリーンは怯むことなく父に立ち向かった。

「世界はお父様のものじゃないわ。いえ、お父様に限らず、誰か一人のものじゃないの!」

「皆のものとでも言うのか? それこそ詭弁だ。秩序のない、統一もされない世界のどこがいいと言うのだ」

「力でねじ伏せられる世界より、よほどいいわ！」

「弓兵隊」

父の冷めた声が響く。嫌な予感がして、父に近寄ろうとしても、両脇を兵士らに拘束されているために動けない。父はそんなアイリーンを無視し、兵士に向かって片手を上げた。

鋼鉄の矢で、聖ドラゴンの心臓を射《う》てば、不死に近いとされる聖ドラゴンも絶命する。父はそれを狙っているのだ。クラウスは今倒れており、心臓の部分が無防備に晒されていた。

「お父様！」

アイリーンは兵士の手を振り払うべく、躰を大きく揺らした。しかし兵士の手はなかなか外れてはくれない。クラウスに振り返っても、彼は動く気配もなかった。全身から血が止《とど》まることなく流れ、青褐色の鱗を赤く濡らしている。もう躰を動かす力もないのだろう。

クラウス――――！

アイリーンは力を振り絞って、兵士らの手を振り切った。

「討てっ！」

同時に父の声が鼓膜に届く。

クラウス——ッ！

アイリーンはクラウスの心臓の部分へ急いで走った。とにかく彼の心臓の部分を守らなくてはならない。

お願い、間に合って——！

ズサ、ズサッ！

突然、躰が浮き上がったような感覚に襲われた。そのまま躰が前へと傾き、クラウスの躰へと倒れ込む。

「あ……」

彼の硬い鱗の感触を手に感じながら、意識が急速に闇へと吸い込まれていく。そこでようやく全身が焼け付くような凄《すさ》まじい熱を感じた。

アイリーン——っ！

クラウスの声が聞こえたような気がした。背後から射たれた鋼鉄の矢はアイリーンの胸を見事に貫いていた。しかしアイリーンが盾になったため、弓矢にクラウスの鱗を貫く威力はなくなったようで、彼の心臓の部分の鱗は無傷のままだった。

よかった——。あなたが無事で……よかった……。

アイリーンはようやく安堵した。自然と笑みが零れる。

「あ……クラ……」

愛しているわ――。

口の中から熱いものが込み上げ、そして溢れてくる。血だ。飲み込もうとしても飲み込めず、とうとう咳き込んでしまい、それ以上言葉を紡ぐことはできなかった。

もっとあなたに愛しているって言いたかったのに……。

ふと、どこかでドラゴンの咆哮《ほうこう》が聞こえた気がした。

クラ……ウス……？

朦朧《もうろう》とする意識の中、すぐに大勢の人間の騒ぐ声が聞こえたかと思うと、断末魔の叫び声が幾つも響く。次第に辺りが血の臭いで充満し始めた。

「くそっ、駄目だ！　ドラゴンが急に暴れ出したっ……うわあああっ！」

「くっ、逃げろぉぉ！」

「陛下、危険です！　やつが力を取り戻しました！　こちらへお逃げくださいっ！」

アイリーンのぼやけた視界の中で、兵に付き添われ、父の背中が聖堂から出ていくのが見える。

ああ、クラウスを守ることができたんだわ……。

『くっ……アイリーン、すぐに儀式をする。君を……聖ドラゴンに……すれば、こんな傷では……死なない……っ……君を救うっ……』

頭の中でクラウスの声が聞こえた。彼自身も瀕死《ひんし》の重傷で動くのもままならないのに、アイリーンを咥《くわ》えて、聖堂から外へと飛んだ。儀式をするのに、少なくとも三人の聖ドラゴンが必要なのは以前聞いていた。クラウスはそのため臣下の誰かを探しているようだった。しかし目の前に広がるのは死屍累々《ししるいるい》の恐ろしい光景ばかりだ。敵味方関係なく、多くの屍《しかばね》が大地に転がっている。

そんな中、とうとうクラウスも飛ぶのに力尽きたのか、焼け野原に降りた。否、墜《お》ちた。それでもアイリーンを庇ってくれたので、アイリーンにはほとんど振動も感じなかった。

『アイリーン……くっ……』

彼の悲痛に満ちた声が心に響く。彼がどれだけ今までアイリーンを大切にしてくれたかが、走馬灯のようにアイリーンの記憶が次から次へと浮かんでは消えていった。どれもが宝物のような日々だった。

ありがとう……クラウス。

最期までアイリーンを見捨てず、自分の命も顧みない彼のことが心配だが、感謝せずにはいられなかった。

私、あなたと出会えて幸せだったわ……。

見上げれば、どんよりとした雲が空を覆っていた。

もう一度だけ青い空が見たかったわ。大空を舞う凛々《りり》しい青褐色のドラゴンが見たかったわ……。

灰色の空の下、青褐色のドラゴンが天を仰ぎ寂しげな声で啼いた。

『アイリーン――――っ！』

その声はとても切なく、アイリーンの心を揺さぶる。灰色の空からも、まるでクラウスの涙であるかのように、しとしとと雨が降り始めた。

ああ、目を開けなくては。起きて、悲しみに暮れる彼を抱き締めて慰めたい……。私は大丈夫だって彼に言って、安心させてあげなきゃ――。

愛しているから――。

いつまでも、この世が終わるまで。ずっと愛しているから、クラウス――。

息ができない。胸が締め付けられる。それでも最期までクラウスの傍にいられたことが嬉しい。そしてクラウスを一人残してこの世を去ることが辛く悲しい。

クラウス……ずっと傍にいるか……ら……。泣かな……いで……。

アイリーンが愛してやまない青褐色の鱗は視界もぼやけ、もうしっかり見ることもできなかった。それでも力ある限り彼を慰めたかった。撫でてあげたかった。

私の……大切、な……ドラゴ……ン……。

唇が震える。声がどうしても出ない。最期なのに、大切な言葉を彼に告げられない。

クラウス……愛し……て、い――――。

そこでアイリーンの意識は霧散《むさん》し、そして永遠の無に還った。

それは、本来ならこんな焼け野原ではなく、多くの花々が咲き誇るはずだった、地上で一番美しい季節――――。春の、静かに雨が降る日であった。

＊＊＊

目の前の聖堂の扉が、再び様相を変える。急速に古びた扉へと戻っていく。扉だけ年月が一気に過ぎ去ったような感じと言えばいいのだろうか。

爽やかな風がアイリーンの髪を攫う。鳥の囀《さえず》りさえ聞こえた。

「っ……」

気付けば、アイリーンは扉の前に立っていた。まだ聖堂の中にも入っていない。

今、目にした光景は何――？

辺りを見回しても兵士など一人もいない。もちろんドラゴンもいなかった。

一体、何なの？　夢なのに、夢ではないような……。

それに胸が張り裂けそうに痛い……。

自分の胸を押さえていた手を見つめ、そっと手のひらを広げてみた。もちろんそこには血などついてはいなかった。

弓矢に射貫かれたのは私――？

しかし今胸を襲う痛みは、精神的な痛みだ。射貫かれたからとか、そういう怪我による痛みではなかった。

どうなっているの？

一つの映像がアイリーンの脳裏に浮かぶ。灰色の空の下、青褐色のドラゴンが天を仰ぎ寂しげな声で啼いている姿だ。

この風景……寝室でクラウスに襲われたときにも浮かんだものだわ……。

きっとアイリーンが過去に見たことがある景色に違いない。

もしかして……不思議な話だけど、私の生まれる前の記憶？　前世？

そうとしか思えない。

まさか――――？

困惑する。こんな信じられないような話が本当にあるのだろうか。

――私が子供の頃、初めてクラウスに会ったときから、どうしようもなく惹かれたのは、やっぱり前世から繫がっていたせい？

アイリーンは記憶を辿るように、目の前のドアを思い切って押し開けてみた。重い扉は大きな音を立てて開く。

「あ……」

目の前に広がったのは、聖堂の床一面に敷かれた白い花。まるで聖堂が花畑にでもなったかのような感じだ。

ここは……さっき見た、私が矢で射たれた場所……。

アイリーンが一歩足を踏み入れると、ふわりと花の芳《かぐわ》しい香りが鼻先を掠める。

……どうして花がこんなに敷き詰められているのかしら？

よく見ると中央の祭壇《さいだん》らしきところに、荘厳《そうごん》な雰囲気を纏《まと》う立派な剣が置かれていた。柄のところには大きな水晶が埋め込まれており、その細工は見事なものだった。古びているが、とても普通の剣には見えなかった。

謂《いわ》れのある剣なのかしら……。

「アイリーン様、こちらに何か御用でいらっしゃいましたでしょうか?」

突然、可愛らしい声がアイリーンの背後から掛けられる。振り向くと、少年が白い花を手にして立っていた。

「ご、ごめんなさい。迷子になってしまったようなの。あの、あなたは?」

少年はアイリーンのことを知っているようで、にっこりと笑った。

「お初にお目にかかります。アイリーン様、僕はこの聖堂の花を任されておりますテオと申します」

ぴょこんと頭を下げてきた。その様子がまるで小動物のようで可愛らしく、思わずアイリーンの表情も緩んでしまった。

「テオ、宜しくね」

「はい!　宜しくお願いします」

元気よく返事が戻ってくる。彼の笑顔を見ているうちに、先ほど見た光景で乱されていたアイリーンの気持ちが、ようやく落ち着いてくる。

「ここの花、テオが敷き詰めているの?」

「はい、僕はここの花を任されております」

「毎日、花を交換しているの？」

床をいっぱいにするほどの花は集めるのも大変そうだ。

「はい、でも全部ではなく、毎日、少しずつ花を交換しているんです。花自体に聖魔法をかけて、通常よりも少しだけ長く咲いてもらうように花にお願いしておりますから」

そう言って、テオは手にしていた白い花を大事そうに床に置いた。

「どうして、聖堂の床を白い花で埋めているの？」

床を花で埋め尽くしてしまっていたら、聖堂として使えないような気がする。何となく不思議に思い、テオに尋ねた。

「申し訳ありません。それは僕も知らされていないんです。ただ、毎日ここに花を欠かさないようにとの陛下からのご命令だと、上から聞かされております」

「陛下のご命令……」

「はい。ここに毎日訪れて、花を飾るように言われております」

「毎日訪れて……？」

「ええ、ここは、今は使われていない古い聖堂なんです。新しいのはあちらにございます」

あちらと言って、テオは聖堂の窓から見える建物を指した。

「ここは僕以外の人間はほとんど来ない場所になっております。花を飾るようにご命令した陛下も、一度もお渡りになったことはありません」

テオは少し寂しそうに呟いた。きっと綺麗に花で埋め尽くされた聖堂をクラウスに少しでも見てもらいたいのだろう。

彼のそんな思いにアイリーンが心を寄せていると、いきなり別の男性の声が割り込んできた。

「ご自分ではお渡りになれない場所。けれどそのまま誰も訪れず、朽ちていくことには耐えられず、こうやって人をお使いになっているのです」

「え？」

声がしたほうを見遣ると、いつの間にかそこにはリヤードがやってきていた。

「リヤード様」

テオが慌てて頭《こうべ》を垂れる。リヤードはそんなテオの頭を撫でて、もうここはいいですよ、と声を掛けて下がらせた。

「アイリーン様がサンルームにいらっしゃらなかったのでどうされたのかと……、こちらにいらっしゃいましたか」

「ごめんなさい。ちょっと考え事をしていたら通路を間違えてしまったみたいなの」

アイリーンがそう答えると、リヤードが遠くを見つめるように目を細めた。

「本能でこちらへいらっしゃったのでしょうか……」

「え？」

よくわからず聞き返すが、リヤードはそれに対して答えるわけでもなく、小さく笑みを浮かべただけで、話を続けた。

「かつて陛下はこの聖堂を破壊なさろうとしました」

「破壊？」

乱暴な言葉に少し驚いたが、聖魔力を持つ聖ドラゴンなら、これくらいの建物を破壊するのは簡単なことなのだろう。

「ええ、でも結局は修復して、聖堂を残すことをお選びになりました。陛下にとっては、この聖堂は残酷な記憶の象徴でもあり、忘れられない場所でもあるのです。そして最期の記憶は忘れてはならないと、陛下は自らを罰する意味も含め、ここを残されました」

「――自らを罰するって」

何を罰するというのだろう。先ほど見た幻のような光景では、クラウスよりは父らしき男のほうが罰せられるべきだと思われた。

「最愛の女性を救えなかったことは、陛下にとって、これ以上ない咎《とが》となっておられるのです」

最愛の女性……。

それは夢の中でもアイリーンと名乗った自分のことだろうか。

絶望に打ちひしがれ、魂の叫びが空に響く光景。彼の悲しみがいかに深いか、見ているだけでも伝わってくる。あの記憶をずっと咎として持ち続けるということは、とても残酷なことだ。

アイリーンが黙ってリヤードを見つめていると、彼が少しだけ小首を傾げた。

「アイリーン様、陛下の最愛の女性がお気になりませんか？」

「え……」

「それとも、もう思い出されましたか？」

アイリーンの鼓動が一際大きく跳ねた。もしかしてリヤードもアイリーンのこの不思議な記憶の意味を知っているのかもしれない。

「リヤード様……それは、どういうことですか？」

その問いに、リヤードは視線を下げ、寂しげに笑った。

「貴方様に思い出していただかなければ意味がありません。陛下を救えるのは、アイリーン様という器ではなく、魂なのですから。ただ……」

「ある儀式をしていただかなければ、それもすべて無にしてしまうのですが」

「儀式？」

そういえば先ほどの記憶の中でも、クラウスが必死で瀕死のアイリーンに何かの儀式を受けさせようとしていた。そしてあのときのアイリーン自身もその儀式のことを理解していて、三人の聖ドラゴンが必要だということも知っていた。

「それはもう少し貴方様の記憶が戻ってからご説明致します。今話してしまっては、きっと怖がられ、拒絶されてしまいそうですから」

そんな風に言われたほうが、もっと怖い。

「リヤード様、私、たぶん、クラウスの最愛の女性が、私の知っている人だということには気付いています」

リヤードが視線を上げたのを確認して、アイリーンは言葉を続けた。

「……その女性は私の前世ではありませんか？」

リヤードが安堵の溜息を吐いた。

「……少しは思い出されているのですね」

「まだその女性が私であるという自覚はありませんが、記憶の一部は少しだけ……」

「ただ？」

「貴方様も番であるクラウス陛下が近くにいらっしゃるため、きっと過去の記憶が触発されているのだと思われます。『番』というものはそういうもので、不思議な力で結ばれているのだそうですよ」

「番……」

アイリーンはその言葉を心に強く刻み込んだ。

「今はそれだけでも大きな一歩です。少しずつでも貴方様が思い出してくだされば、必ず陛下もお気持ちを強く持っていただけるようになると思います。さあ、サンルームへご案内致しましょう。陛下も心配されておりましたよ」

リヤードが手を差し伸べてくれる。アイリーンはもう一度、聖堂に敷き詰められた白い花に目を遣った。

白い花は弔《とむら》いの花なのだ――。

クラウスは自分で聖堂に行けぬ代わりに、他の誰かに毎日、二百年余り花を届けさせている。この場所が忘れ去られて静かに朽ちていかないように。彼の思いが刻《とき》を越えてアイリーンに触れてくる。

愛している――と。

アイリーンは白い花にそっと目礼をし、聖堂を後にした。

「陛下、アイリーン様をお連れ致しました」

ドアの向こう側は太陽の光が燦々《さんさん》と降り注ぐサンルームだった。空に浮かぶ王国であるせいか、太陽の光も地上より明るい気がした。

サンルームを覆うガラスは聖魔力によって作られていると聞いているだけあり、大陸では見掛けたことがないほど、美しく透明度が高かった。

庭を見下ろすように造られているサンルームの中央に、その人、クラウスが立っていた。

「では、私はこれで失礼致します」

リヤードはこれといって何かを説明するわけでもなく、アイリーンを置いてサンルームから出ていってしまった。残されたのは気まずい空気と、クラウス、そしてアイリーンだけだった。

しばらく沈黙が続く。アイリーンは居たたまれなくなり、先に声を上げた。

「あ……あの……」

「――息災だったか？」

その声に思わず見上げると、クラウスの金の双眸とかち合う。その瞳はアイリーンを気遣うかのように少しだけ細められ、穏やかな光を湛《たた》えていた。途端、アイリーンの胸に小鳥が羽ばたくような小さなざわめきが起こる。

子供の頃からずっと憧れていた騎士様……。いえ、それよりもずっと前から、生まれる前から大好きだったクラウス――。

クラウスの『息災だったか？』というアイリーンの今までのことを気遣う言葉からも、彼が昔からアイリーンを知っていたことが窺える。アイリーンが子供の頃、彼に会ったのは偶然じゃないのだ。

あのとき、偶然に出会ったのではなくて、私に会いに来てくれたんだわ――。

鼓動が速くなる。緊張して声が震えそうになり、アイリーンは息を呑んだ。すると、クラウスが何か誤解をしたのか、僅かに眉根を寄せ言葉を続けた。

「いや、すまない。昨日、君に酷いことをしたのに、そんなことを聞ける立場ではなかったな」

「あ、いえ、陛下。私こそ勝手に部屋へ入り込んでしまって申し訳ありません」

アイリーンは慌てて返答した。

「陛下と呼ばなくていい。クラウスでいい。前も君は私のことをそう呼んでいた」

「前……」

アイリーンがふと呟くと、アイリーンを捉えたクラウスの瞳が、大きく見開かれる。そしてすぐに双眸を細めたかと思うと、小さく頭を振った。

「いや、言葉のあやだ。すまない。それより、これからクラウスと呼んでくれればいい。私も君をアイリーンと呼ぶ」

「わかりました、クラウス」

呼びにくいかと思ったが、すんなりと彼の名前が唇から零れる。あまりにも自然に口に出たので、呼び慣れていたのだと知る。こんなことでも前世は夢ではなかったことを実感した。

「アイリーン、早速だが、私は伴侶を得るつもりはないんだ」

「え？」

クラウスの言葉が一瞬頭に入ってこなかった。

「しかし君にはできる限りのことをしたい。花嫁としてこの国に来てしまった以上、もう国に戻るのが難しいのなら、このままここで私の王妃として暮らしてもらってもいい。ただし、私はまた永い眠りに就く」

「永い眠りに就く……」

改めて本人から言われるのと、今朝シャイナから聞かされたのとでは、胸に突き刺さる棘《とげ》の痛みがまったく違った。アイリーンはあまりの胸の痛みに、クラウスをただ見つめることしかできなかった。

「ああ、だが、君を一人にはしない。君の補佐はサルージャとリヤードがすることになる。あと大陸に戻りたければ、我が国と未だ友好関係を結んでいる国がある。そこへ君をそれなりの待遇で預けることもできる。君への償いとして、君の一生を私ができる限り、保障しようと思っている」

私への償い……。

そんな償いをしてほしいがために、ここに来たわけではない。アイリーンは最初こそ、顔の知らぬ聖ドラゴンの王へ嫁ぐことに不安を感じていたが、未来の夫がクラウスだと知ってからは、この運命に感謝をしていた。それなのに――。

「私……子供の頃にあなたに初めて会ったとき、運命を感じたわ」

アイリーンの声にクラウスがぴくりと躰を震わせた。

「そしてここであなたの花嫁として迎えられたと知って、もしかして私はあなたに愛されているのかもと、少し自惚《うぬぼ》れてしまっていたかもしれない……」

「アイリーン……」

「――でも、あなたが私を愛していなくても、私はあなたにずっと憧れていて、花嫁になれることを嬉しく思っているわ。たぶん……いいえ、私はあなたを愛しているわ」

「愛している、って……」

驚きと共に、クラウスの眉間に皺が寄る。しかしアイリーンはその表情に構わず、言葉を続けた。本当に言いたいことは、今から言う言葉だからだ。

「だからこそ、あなたが死を選ぶことを黙って見ていることはできない」

刹那、クラウスの瞳が大きく見開く。

「死……リヤードか誰かに、何かを聞いたのか?」

その問いには答えず、アイリーンは真っ直ぐクラウスを見据えた。

「私の一生を保障するという償いなんていらないわ。あなたがきちんと生きてくれなければ、私への本当の償いにはならないの」

自分でも聖ドラゴンの王に向かって何を偉そうなことを言っているのかと思う。しかしそれでも、彼に死を選ばせたくないし、彼が死を選ぶことも認めたくない。

「あなたが目覚めるたびに私だけ歳をとって、何度目かにあなたが目覚めたら、私はもう死んで、この世にいないのよ。そんな悲しい運命を私に歩ませないで……」

二人の生きる時間が違うということは、そういうことだ。一人は置いていかれる悲しみを。もう一人は置いていく悲しみを背負っていかなければならない。

「あなたはそれでも平気なの？　私は考えるだけで辛くて胸が潰れそうなのに……」

アイリーンの頬に自然と涙が零れる。するとクラウスがそっと指で涙を拭ってくれた。

「っ……君に泣かれるのが一番辛い。君に泣かれたくないから――もう二度と君を泣かせたくないから、会わなかったというのに……。君の知らないうちに、私は消えてなくなりたかった――」

我慢できないという様子でクラウスがアイリーンを抱き締めてきた。アイリーンの背中がしなるほどきつく抱き締められる。彼の強い愛情がアイリーンにひしひしと伝わってくる。しかし一方、彼の勝手な思いにも怒りが湧く。

『君の知らないうちに、私は消えてなくなりたかった――』

酷い言葉だ。知らないうちにクラウスが死んで、それを後で知ったアイリーンがどれだけ後悔し、そして悲しみに暮れるかわかっているのだろうか――。

「酷い……あなたは酷い人だわ……」

どんな理由があるのかよくわからない。過去に何があったのか、まだしっかり思い出せない。でも一番大切なのは、今の気持ちであって、過去ではない。過去に翻弄《ほんろう》されて今を不幸にすることは絶対してはいけない。

「あなたが今のままなら、私は一人で老いて、あなたの最期を看取ることもできずに死んでいく不幸を背負うことになるのよ」

クラウスの金色の虹彩が、何かに驚いたように縦長になる。

「君は昔と同じようなことを言う。そして君は間違っていない」

「なら、もう伴侶を得ずに死を待つだけとは言わないで――」

そう願った途端、そっとクラウスの腕がアイリーンから外される。先ほどまでの迸《ほとばし》る情熱は、既にどこかへ消えてしまっていた。

「君をただ伴侶にするだけでは、私たちは同じ時間を生きることはできないんだ」

「どういうこと……？」

その問いに、彼はまるで自分の感情を閉じ込めるかのように、そっと瞼を閉じた。

「……クラウス？」

「……ありがとう、アイリーン。そしてさようならだ。私は過去に囚われ、もう未来を捨てた男だ。私のことはもう忘れたほうがいい」

「どうして……っ……」

「君はアイリーンであって、アイリーンではないからだ。私は一人のアイリーンを不幸にしたことだけでもう充分だ。もう二度とあんな辛い後悔はしたくない。もし君をまた同じ目に遭わせるようはことがあったら、私は狂気に囚われて、今度こそこの世界を破滅させてしまうだろう」

かつて、一つの王国を地上から消滅させた聖ドラゴンの王――。

「クラウス、意味がわからないわ、私は私よ！　あなたを愛する一人の女性よ。それ以外、何者でもないの」

薄い壁の向こうに真実が見え隠れし、アイリーンの記憶が何かを求めるように蠢くのを感じる。

「アイリーン、私はただの眠り続けるドラゴンだ。君は私など気にすることなく、真っ直ぐ前を向いて生きてほしい。それが私の願いだ」

そこにあったのは、大きな拒絶だった――。

＊＊＊

アイリーンを退室させ、クラウスは彼女の姿が視界から消えたことに、僅かな安堵を覚えた。

これ以上、アイリーンと一緒にいると、言ってはいけないことを口走りそうになる気がしたからだ。

静かに瞼を閉じ、心を落ち着かせていると、ノックと共にサルージャが入って来た。

「失礼致します。アイリーン様は部屋にお戻りになられたのですか？」

「ああ……」

「……アイリーン様は納得されましたか？」

「納得も何もない。彼女に状況を説明するのが目的だ」

花嫁としてこの国へ来たのだ。王として彼女に現状を説明することは義務だと自分に言い聞かせ、今回彼女と会った。

――いや、本当は彼女に会うための大義名分を、幸いと受け入れたに過ぎない。本音はシンプルにただ会いたかっただけなのかもしれない。彼女に向けて『息災だったか？』とつい尋ねてしまうほどに。

自分がこの十年間眠っている間に、彼女は怪我をしたり、病気になったりしていなかっただろうか。幸せに生きていてくれただろうか。どんなことが彼女の身にあったのか。すべてを知りたいという思いがクラウスの胸に溢れ、彼女の様子を一番に尋ねてしまった。

どんなに思いを振り払っても、彼女に対する愛情が拭えない証拠だ。

十数年ぶりに会ったアイリーンは切ないほど前世のアイリーンに似ていた。たぶん以前、彼女が死ぬ前にクラウスの血を全身に浴びたせいだろう。永遠の命とまではいかなくとも、その姿は死して再度生まれ変わっても形を変えることはなかった。

そしてアイリーンの言動でわかったことだが、彼女も前世のことを何かしら察しているようだった。それがクラウスにとって、また辛かった。まったく記憶を取り戻していないアイリーンだったら、他人の空似だと、もっと簡単に彼女を諦めることができたかもしれない。

なのに――。

彼女は微かに過去の記憶を纏って、クラウスの前に現れた。クラウスの魂がその僅かな彼女の痕跡に縋り、共鳴する。愛していると、何度も心の奥底で叫ぶ。目の前にいるアイリーンを、アイリーンとして愛してしまう。愛してはいけないのに――。

それはクラウスを痛めつけるのには充分残酷な仕打ちであった。

「どこまでも運命は過酷にできているのだな。一欠片の優しさも与えないか。さすがはサラディーナ、全能の神ということか」

「いえ、全能の神、サラディーナは優しさをお持ちだからこそ、再び陛下とアイリーン様を巡り合わされたのだと思います」

サルージャの言葉にクラウスは思わず自嘲した。

「その優しさが残酷だというんだよ――」

彼女を目にして、自分の感情を抑えるのが精一杯だ。こうやって彼女を拒絶した今でも、心を占めるのは『愛している』という思いばかりなのだから。

彼女を不幸にしたくない。そして自分のために死なせたくない。そう思っているのは確かなのに、その反面、いざ彼女を目の前にすると、そういう理性が霧散し、愛する思いのまま彼女を求めてしまいそうになる。

こんなにも彼女に対しては我慢できないものかと呆れるほどだ。理性などアイリーンを前にしては無きに等しい。

何も考えずに彼女を抱き締められる運命であれば、どんなによかっただろう……。

叶わぬ夢に心を揺さぶられるが、必死に耐えた。ただ、彼女を幸せにしたいがために。

――愛している、アイリーン。

心の中で何度も呟く。そうでなければ、苦しくてクラウスの心が締め付けられそうになる。後悔なのかもしれない。彼女を拒絶したことを悔やんでいるのだろうか。

「いや、彼女が私のことを忘れ、幸せな人生を送る姿を目にすれば、この後悔も消えるはずだ」

クラウスは自分に言い聞かせるかのように呟き、サンルームから綺麗に花が咲き誇る美しい庭を見つめた。

こうやって自分は一人で静かに命が消えるのを待てばいい。否、このままでは、またきっと前世のようにアイリーンを捕えて離せなくなってしまう。理性で彼女を遠ざけるのは、もう限界に近い。今度、彼女に何か言われたら、この腕に閉じ込めてしまうだろう。

クラウスは自分の思いに堪えきれず、きつく手を握り締めたのだった。

◆【第五章】◆　永遠の愛を誓って

この国へ来て、一週間程経ち、アイリーンも空の王国での生活にようやく慣れてきた。複雑な造りになっている王宮の中ではあるが、自分の行動範囲内はほぼ迷わずに歩けるようになった。

そんな中、アイリーンの兄、フェルド・ファスタル・レ・ゼーファが、祖国で今開発中の熱気球に乗って、空の王国、レダ・アムールへやってきた。

それは、空を飛ぶのは聖ドラゴンの特権であったが、とうとう人間までもが空へと覇権を伸ばしてきたことを示していた。

兄、フェルドの突然の来訪に、レダ・アムールの人々は驚きを隠せないでいたが、妹、アイリーンの様子が心配で駆け付けた兄に、概《おおむ》ね良い印象を持ち、温かく迎えた。

ちょうど運悪く、クラウスは地上に降りており、城を留守にしていたため、兄とはすれ違いになってしまった。

「お兄様、空を飛ぶ乗り物、とうとう完成させたのですか？」

通された客間で、アイリーンは久しぶりに会う兄と対面した。テーブルを挟んで、二人は向かい合ってソファに座った。テーブルの上にはお茶の用意がされていた。

兄はアイリーンが出立する際も、この研究が佳境に入っているということで、顔が出せなかった。空を飛ぶ乗り物を造る責任者として、工房を取り仕切る役目も担っていたからだ。だが、この一週間でとうとう完成したようだ。

「ああ、熱気球という乗り物だ。お前が出立するときに間に合わせたかったんだが、気球に入れるガスの選別に手間取っていてね。やっと成功したから、お前に見せるついでにこちらへ来たのさ」

「どんなガスで飛ぶの？」

「簡単に言えば、煙が空に上がっていくのを見て気付いたんだよ。暖炉やかまどから出る煙が空気より軽い気体だってね。そこに含まれているガスに関係があった。まあ、あとは国家機密だ」

冗談っぽくウィンクをして、肝心なところは教えてもらえなかった。アイリーンは部外者だから、そこは仕方がないことだと納得する。

「でも凄いわ、お兄様。本当に空を飛べるのね。いつか私も乗ってみたい」

人間は空を飛ぶことができない。聖ドラゴンの背に乗せてもらうというのも普通はあり得ず、奇跡に近いことだ。この乗り物がもっと普及して気軽に空を飛べるようになったら、子供からお年寄りまで、空から景色を見て、その素晴らしさを堪能できるだろう。

「ああ、いつか乗せてやろう」

フェルドはそう言うと、懐《ふところ》から数枚の羊皮紙を取り出した。開くと何かの設計図のようなものであった。

「お兄様、これは？　鳥みたいな形だけど……」

「これは熱気球とは違う、新しく研究をし始めた、もう一つの空を飛ぶ乗り物、羽ばたき機の設計図だ」

「羽ばたき機？」

耳慣れない言葉だ。

「ああ、熱気球では細かい動きはできないからな。もっと大空を自由に飛びたい。上から確実に獲物を仕留められるように、な」

え――――？

一瞬、兄の放つ気が変わったような気がした。何かアイリーンが思っているのとは違うことを兄は考えているような気がした。アイリーンは国民の誰もが空からの美しい眺めを楽しめればいいと思っていたが、兄は違う――。

「鳥類が飛ぶ姿をつぶさに観察したり、解剖して骨格や筋肉などを一つずつばらして空を飛ぶ技能を徹底的に調べていたのさ。今のところ関節を持った翼を動かし、揚力と推進力が同時に働けば、鳥のように自由に空を飛べるということはわかった」

フェルドは指でテーブルの上にあった設計図を弾いた。

「ただ、重量がネックなんだよ。軽い物ならまだしも、重い物はなかなか浮き上がらない」

苦々しそうにそう続けた。そしてちらりとアイリーンに意味ありげに視線を向けた。

「なあ、アイリーン。聖ドラゴンはどうやって空を飛ぶんだろうな。あんな巨体を空に浮き上がらせるなんて、凄いと思わないか？」

「え？」

「アイリーン、聖ドラゴンが、ドラゴンの姿のままで死んだものは、ここにはないのかい？　一度ドラゴンを解剖すれば、飛躍的に研究が進むんだが？　今まではぐれた聖ドラゴンを捕まえたことはあるんだが、皆、ドラゴンのままの姿で死んでくれなくてね。最期は人間の姿に戻ってしまうんだよ」

恐ろしい言葉がアイリーンの耳に入ってくる。

「……お、にい……様？」

「羽ばたき機が完成すれば、我が国の軍事力は格段と上がる。空を制するものは世界を制す。聖ドラゴンなど敵ではない。彼らはもう時代にそぐわない。淘汰《とうた》される生き物だ」

「お兄様、やめてっ！」

アイリーンは怖くなって、大きな声で兄を制した。

「お兄様、何を言っているの？　もしかしてこの空を飛ぶ乗り物を戦争で使おうと思っているの？」

「ああ、空から敵を攻撃できれば、我が軍の負傷兵も減るであろう？　一種の平和的利用ともとれるな」

「でも相手の国の兵士はどうなるの？」

「殲滅《せんめつ》させるだけだ」

「あ……そんなこと、お父様もお母様も絶対許さないわ。戦うことほど愚かなものはないって、いつも仰っているから！」

「父上や母上は博愛主義の上に理想主義者だからな。だが、現実はすべて弱肉強食の上に成り立っている。お前は我が国が滅亡してもいいというのか？　万が一、我が祖国、ゼーファ王国よりも野蛮で残忍な国が大陸を制したらどうするつもりだ？　それよりも紳士的な我が国が世界を制したほうが、他の国も結果的には幸せだ。そうじゃないか？　アイリーン」

「違うわ。誰かが誰かを征服するなんて、そんな考えこそが傲慢《ごうまん》で野蛮で、誰も幸せにならないわ。お兄様、くだらないことを考えず、目を覚まして！」

しかしフェルドはアイリーンの言うことなどに耳を傾けるのも面倒なのか、優雅に足を組み替え、改めてアイリーンの顔を見つめてきた。

「私はお前の結婚には反対しているんだ。あんな人間なのかバケモノなのかわからぬドラゴンに、お前を嫁がせるものか」

「バケモノなんかじゃないわ！　お兄様、どうしてそんなことを言うの？　私はこの結婚を望んでいるのよ」

「お前は父上や母上に考え方が似ているからな。だが、消えゆく種族と交わる必要はない。お前にはお前に相応しい嫁ぎ先を見つけるつもりだ」

アイリーンは思わず席を立った。これ以上兄の話を聞きたくなかった。

「お兄様、今のお話は聞かなかったことにします。そんな野望はお捨てになって、早く国へお帰りください。そして二度とそんなことを言いませんように」

「アイリーンは冷たいな。せっかくお前を助けてやろうと思っているのに」

兄はアイリーンの怒りなどまったく気にする様子もなく、優しげに笑みを浮かべ、テーブルの上に用意されていたティーカップを持ち上げた。

「お兄様の助けなどいりません。私は今が幸せです」

「なら、一つだけでいいから教えてくれないか？」

兄は紅茶を一口飲むと、上目遣いでアイリーンを見つめてきた。

「聖ドラゴンの王が持つという『破天の剣』を知らないかい？」

「破天の剣？」

初めて耳にする名前だ。

「その様子だと知らないようだな。破天の剣というのは聖剣の一つで、その剣を手にした者は大陸の覇者になれると言われる、伝説の剣だ。この世界の誕生、神々の時代に由来する水晶が柄に嵌め込まれているらしい。二百年程前の大戦のときもその原因を作ったものの一つとされている」

「……それをどうするおつもりなの？」

嫌な予感しかしない。

「どうするつもり？　手に入れてみたいと思うのが男というものだろう？　それにその剣

を持てば聖魔力も扱えるという話だ。聖魔力があれば、ドラゴンを殺してその死体を解剖しなくとも、その力を使って、空を飛ぶことができる。血を流すことが嫌いなお前にとっても、いい話ではないか？」

それだけで終わるとはとても思えない。今のこの兄の言動から察しても、聖魔力を自分の権力のために使うのが目に見えている。

アイリーンは無言でソファに座る兄を睨んだ。

「ふん、我が妹殿は機嫌が悪いとみえる。仕方ない、日を改めよう。残念ながらクラウス陛下も留守をされているようだしな」

「……シャイナ、お兄様がお帰りです」

アイリーンは兄を無視し、部屋の隅で控えていたシャイナにすぐに声を掛けた。兄が心変わりをして、ここに居続けられないよう、確実にこの城から出ていかせるために一刻でも早く帰り支度をさせたかった。

「名残惜しいよ、アイリーン。またすぐに会いに来る」

兄はソファから立ち上がり、アイリーンに歩み寄ると、別れのキスを頬にしてきた。今まで兄に嫌悪感《けんおかん》など抱いたことがないのに、今回ばかりは背筋がゾッと震える。

アイリーンの震えに気付いたのか、フェルドが口端を上げた。

「どうやら相当嫌われたようだな」

「お兄様が考えを改めてくだされば、私の態度も変わります」

「それはできないな。文明の発展は誰であろうが止めることはできない。私がしなくとも、いずれは誰かが空を制する日が来るだろう。ならば私が制す。そうでなければ我が国は略奪される側になるだろう」

「そのためにレダ・アムール王国を、民を犠牲にしてもいいと？」

「人間じゃないからな。バケモノを退治するのは太古の昔から人間の使命だ」

聖ドラゴンをバケモノと表する兄とはこのまま話しても平行線を辿るばかりだ。アイリーンは兄から視線を外し、背中を向けた。

「今回は聞かなかったことにします。それから、もしお兄様が考えを改めなければ、お兄様の野心をクラウス陛下にお伝えします」

「なるほど、お前は戦争がしたいんだな」

「何を……」

アイリーンは兄の暴言で再び彼を振り返った。

「お前がこの話をすれば、クラウス陛下は我がゼーファ王国に報復をするだろう。何しろ私は聖ドラゴンを何頭も殺したからな。父上は知らぬところだが、調べればわかることだ。

全面戦争は避けられないかもしれないぞ。まあ、何にしろ、すべてはお前の胸一つだ」

「何という卑劣なことを……っ」

「卑劣？　お前に教えてやっているのだ。下手な正義感で間違いを犯さないようにと」

そう言って、兄がアイリーンの肩をポンと軽く叩いたかと思うと、アイリーンの耳元に小声で話し始めた。

「アイリーン、『破天の剣』を探してくるんだ。そうすれば、私はお前の大切なドラゴンを傷つけることはしないいし、この国をむやみに襲うこともしない。お前が生きている間は同盟国として優遇してやろう」

その言葉も、とても信用ができない。

「この国と戦うのをやめても、それは戦う相手を変えるだけということですよね」

「さあ、それはどうだろうな。『破天の剣』を手にすれば戦うことをせずに、この世界を制することができるかもしれないぞ？　そうしたらお前は平和への貢献者《こうけんしゃ》だ」

「っ……」

ああ言えばこう言う兄に、嫌悪が募るばかりだ。

「では、私はこれで失礼するよ」

兄はアイリーンの気持ちを弄《もてあそ》ぶかのように動揺させた後、客間から出ていった。残されたアイリーンの気持ちは嵐のように荒れたままだ。

「アイリーン様……」

シャイナがアイリーンに声を掛けてきた。アイリーンの他に唯一、兄の話を聞いていた彼女が、心配そうに見つめてくる。

「シャイナ……私、どうしたらいいの？」

彼女にぎゅっとしがみ付いた。

「このようなことになろうとは……」

シャイナも動揺しているはずなのに、とにかくアイリーンを守らなければという風に、しっかりと抱き締めてくれる。

「フェルド王子はアイリーン様のご結婚には反対のご様子でした。そればかりかご自身の野心のためにアイリーン様をお使いになろうとされています」

「ええ……」

「アイリーン様のお父上様にお知らせして、ゼーファ側だけでこのことを収められるようになさらなければ……。やはりレダ・アムール王国にはあまり知られてはならない事実だと思われますよ」

「ええ……」

そう頷《うなず》きながらも、兄に気付かれないように父に手紙が送れるか疑問だ。手紙の内容が内容なので、信頼のおける者にしか渡せない。

シャイナに手紙を渡して……。

「あ……」

そこまで考えて、アイリーンは恐ろしいことに気が付いた。

兄はシャイナを殺したりはしないだろうか――？

兄の野心を知っているのは、こちら側ではアイリーンとシャイナだけだ。そのため口封じにシャイナの命を狙うことは大いにあり得る。

……シャイナに手紙を渡したら、余計に彼女の身に危険が及んでしまうわ。手紙のことが少しでも兄の耳に入ったら、全力で阻止してくるに違いないから。

アイリーンは自分を抱き締めてくれる元乳母でもあるシャイナを見つめた。

シャイナの命も守らなければ――。

アイリーンは、兄の野心と戦うことができるのは自分だけであることに、今更ながらに気付いた。

気を引き締めなければ……。気を抜けばお兄様に足元を掬《すく》われるわ。

アイリーンは改めて自分が置かれた立場に気付いた。そしてそれと同時に、やはり昔も同じような感覚を持ったことを思い出す。

そうだわ……。前世でも父がレダ・アムールを手に入れようと仕掛けてきて、そのときも私はこうやって緊張の中で、どうすればいいか模索していた気がする……。

歴史は繰り返す。その言葉通り、父に利用された前世と同様、現世でもアイリーンは兄に利用されようとしている。

アイリーンは前世に限らず現世にも、レダ・アムール王国に火種をもたらすという宿命を背負ってきてしまったらしい。

でも、今度こそ、クラウスを悲しませるようなことは絶対したくない。彼を必ず守りたい――。

そのためにアイリーンは生まれ変わったのだと、今なら思えた。

本当は、彼に思いを拒絶された今、彼に会いに行くのを躊躇う気持ちも大きい。でもそんなことで、彼を、この国を、危険に晒したくはなかった。

私の気持ちは二の次でいい……。

アイリーンはきつく目を閉じた。

「アイリーン様？　いかがされましたか？」

黙り続けているアイリーンを不審に思ったのか、シャイナが声を掛けてきた。

「これからどうすべきかを考えていたの」

「姫様……」

「折を見て、クラウス陛下に兄のことをお話しするわ。祖国ゼーファにも何らかの制裁が与えられたとしても、戦争にはならないよう強くお願いするつもりよ」

前世では父のことを心のどこかでは信じていて、そしてその甘さを父に利用され、レダ・アムール王国へ攻め入られた。あの悲劇を二度と繰り返してはならない。そのためにも、ありのままを早めにクラウスへ伝え、常に先手に回り、兄の愚行を止めなければならない。

もう絶対に、あんなことにはならないように――。

愛するクラウスを不幸にしないためにも――。

アイリーンの一番の願いはクラウスの幸せだ。そして彼の笑顔を取り戻すことだ。それが彼を残して一度は死んでしまった自分のするべきことで、この世に再び生まれてきた理由のような気がした。

それに――。

それに今回はこちらに一つだけ分がある。『破天の剣』だ。兄はこの剣に執着し、手に入れたがっていた。うまくこの剣を囮《おとり》に使うことができれば、多少はタイミングをアイリーン側の都合に合わせられるはずだ。

『この世界の誕生、神々の時代に由来する水晶が柄に嵌め込まれているらしい――』

兄には知らないと告げたが、本当はその話を聞いたときから、アイリーンにはその剣がどこにあるのか、薄らと見当がついていた。今、改めて冷静に考えて、あの剣のことだと確信できる。

聖堂に置かれていた古びた剣。

弔いの花に囲まれたあの剣が、本当に聖ドラゴンの王が持つとされる聖剣、『破天の剣』ならば、あの聖堂に置いてある意味をきちんと知りたい。

アイリーンが命を落とした場所。そこに彼は王の持つ聖剣を一緒に置いてくれたのだ。剣を置くという行為から考えて、もしかしたら、もう戦いを二度としないという意味が込められているのかもしれない。または、彼が生きることを望んでいない証のような気もした。

あの剣の在処《ありか》をお兄様に知られないようにしなくては……。

あそこは王宮でもかなり奥にある上に、今はもう使われていない聖堂である。兄に気付かれにくいとは思うが、もしものときはあの剣を守らなくてはならない。

しかし、クラウスにあの剣を守るためとはいえ、剣のことは言いにくかった。言えば、前世の彼の辛い記憶にどうしても触れることになる。

――すべてがうまくいくように、誰一人失うことがないように、とにかくしっかり考えなければ。前のような失敗は絶対してはならないわ。

アイリーンはシャイナの背中に回していた手にきゅっと力を込めて、より強くしがみ付いた。この手で必ず愛する人たちを守ると誓いながら――。

＊＊＊

翌朝、ダイニングルームでアイリーンがいつものように一人で朝食をとり、その後、ドローウィングルームで紅茶を飲んでいると、サルージャが部屋へと入ってきた。

「アイリーン様、少しよろしいでしょうか?」

サルージャがわざわざこちらまで来るのは、クラウスのことに違いない。アイリーンは僅かに躰を強張らせた。

「ええ、何かありましたか?」

緊張しながら答えると、サルージャも暗い顔つきで言葉を続けた。

「陛下のことですが、昨夜遅くにご帰還されたのですが、深夜に差し掛かる頃から体調を崩されてしまわれました」

「クラウスが!?」

昨日は地上で、今なお親交のある王国へと出掛けていた。深夜遅くに戻ったと聞いてはいたが、体調を崩していたとは初耳だった。

「それで容態は……」

「今は落ち着いておられます。覚醒したばかりで無理をされたので、少し体調を崩されたのかと思われます。聖魔法を施しましたので、大事には至っておりません。ご安心ください。今、寝室で眠っておられますが、アイリーン様、陛下にお会いになられますか?」

「寝室……」

クラウスが覚醒した際、アイリーンが襲われた場所だ。サルージャもそのことを知っているがために、アイリーンにわざわざ尋ねたのだろう。

場所が場所でも、クラウスに会いに行けるか――と。

前なら怯んだかもしれない。しかし、少しずつ前世の記憶が戻ってきている今、アイリーンが断る理由はなかった。それに先日、クラウスに拒絶されたこともあり、余程のことがない限り会いに行きにくかったので、この機会はありがたかった。

「わかりました。今すぐ参ります」

アイリーンは飲み掛けの紅茶をテーブルに置くと、サルージャに連れられ、ドローウィングルームを後にした。

クラウスの寝室には、既にリヤードがベッドの脇に控え、アイリーンたちの到着を待っていた。

アイリーンはすぐさま、クラウスが横たわったベッドの傍へと走り、彼の顔を覗き込む。

青白い顔だった。頰も心なしかこけているように見えた。

「クラウス……」

「覚醒したばかりですのに、ギルティア王国へお出掛けになったのが、よくなかったのでしょう。体力がもたなかったのかと思われます」

傍に立っていたリヤードが深刻な顔で、アイリーンに話し掛けてきた。

ギルティア王国とは、大陸の南にある国で、レダ・アムール王国が地上を捨てた後も、親交を続けていた数少ない国の一つだ。そこへクラウスは覚醒したばかりなのに、赴いたのだ。

「……私を拒んでいるから、体調が悪いのですよね？」

アイリーンを伴侶として認め、クラウスが受け入れなければ、彼はこのまま衰弱し、やがて死に至ることになる。

「私はクラウスにとって必要な人間にはなれないのかもしれない……」

ふと口にした言葉が、いやにアイリーンの胸の奥へと落ちた。気にしないようにはしているが、やはり先日、彼に拒絶されたことが、今も尚、アイリーンの胸に深く突き刺さっているのだろう。

アイリーンが気落ちしていると、リヤードが大きな声で否定してくれた。

「とんでもありません。クラウス陛下はアイリーン様のことを愛しているからこそ、いろんなことに巻き込みたくないのです」

「いろんなこと？」

「聖ドラゴンには多くのしがらみがあります。陛下はそれを人間である貴方様に強要したくはないのです。決してアイリーン様が必要ではないとか、そういうことではありません」

「強要したくないって……。私、クラウスと一緒にいられるのなら、どんなことだって乗り越えられるわ。きっと昔の私でも彼との結婚を決めた時点で、すべてを覚悟していたと思うのに、彼は私の覚悟を信じてくれていなかったの？」

まだ断片的にしか前世の記憶はないのに、それでもクラウスを愛しいという思いは、胸の底から沸き起こってくる。どんなに前の自分が彼を愛していたか、手に取るようにわかる。そして今の自分も彼を思い出すたびに、愛が深くなっていくのを否めない。

もしアイリーンを愛しているから拒むというのなら、そんなに寂しいことはない。それはアイリーンの覚悟も何もかも、結局彼は信じてはいないということを示すからだ。

「どうか、今のことを陛下にわかるまで伝えていただけませんか？　陛下は頑《かたく》なにご自分といることが、アイリーン様の不幸に繋がると思われております。それだけ過去の出来事が陛下にとって、大きく心に傷を残されてしまっているのですが、このままでは陛下は本当に過去の記憶と共に亡くなられてしまいます」

リヤードが口惜しそうに唇を噛み締めた。

「リヤード様……」

するとそれまでアイリーンの背後で黙って控えていたサルージャがふと口を開いた。

「陛下が、体調が優れなくとも無理してギルティア王国へ行かれたのは、アイリーン様のためを思ってのことなのです」

「え？」

「アイリーン様がここに残られても、または地上へ戻られたとしても、一生不自由なく暮らせるよう、ギルティア王国へ今後のことを話しに行かれたのです」

「不自由なく暮らせるように……」

そういえば、あのとき――――。

『大陸に戻りたければ、我が国と未だ友好関係を結んでいる国がある。そこへ君をそれなりの待遇で預けることもできる。君への償いとして、君の一生を私ができる限り、保障しようと思っている』

償い――――。

やはりクラウスはアイリーンと共に歩むことを望んでいない。

サルージャはアイリーンを慰めるために、クラウスの訪問理由を言ったのだと思うが、それは逆にアイリーンを失意に落とす内容であった。

「アイリーン様？」

アイリーンが気落ちしたことに気付いたサルージャが声を掛けてくれる。

「あ、いえ……。ああ、そうだわ。この部屋、殺風景なので何か花を摘んできて、飾ってもいいかしら？」

アイリーンは気を取り直して、些細なことでも、今、自分がクラウスにできることを何かしたいと思った。

「ええ。ですが、花は誰かに摘ませに行かせますが……」

「いいえ、それはいいわ。私のできることってあまりないから、これくらいはさせてほしいの」

「ありがとうございます、アイリーン様」

クラウスが過去を見るなら、アイリーンは未来を見据えて、しっかり前を向いて歩きたい。そうしたらいつかクラウスも一緒に前を向いてくれるような気がする。

こんなことで落ち込んでいても、クラウスを守れないわ――。

アイリーンはそのまま城の裏庭に向かった。裏庭には栽培された花から、自生しているハーブまであった。

花といっても、心地よい香りのするハーブのほうがいいかもしれない……。

ハーブでも可愛らしい花をつけるものがたくさんある。眠っているクラウスを癒やせるようにハーブを摘むことにする。

カモミールがあるわ……。

白く可愛らしい花が裏庭の片隅に群生していた。近づくと甘い香りがふわりとアイリーンの鼻先を掠める。それと同時に、昔もこうやってカモミールを摘んだことが蘇る。

あのときも今と同じように愛しい人のことを考え、摘んでいた。

空を見上げれば、翼を広げた雄々《おお》しい姿をしたドラゴンがアイリーンの頭上を大きく旋回していたことも思い出す。

『クラウス――――！』

やがてそのドラゴンは地上に降り、聖魔法で人間の姿へと戻った。今とは違い喪服を意味する黒い服装ではなく、彼の青褐色の髪が映える明るい色の服を着ている。

『ただいま、アイリーン』

彼の優しい声がアイリーンの鼓膜を擽る。アイリーンの名前を呼ぶ声は愛しさに溢れていた。

途端、アイリーンの目頭が熱くなった。

クラウスに会いたい――――。

アイリーンの胸に切実な思いが込み上げる。そしてそれは嗚咽《おえつ》となって口許から零れ落ちた。

「っ……」

思わず口許を手で覆う。ただ涙は止めることができず、アイリーンの頬を濡らした。

クラウスに会って、昔のように何でもないことでも一緒に笑いたい――――。

小さな願いなのに、それを叶えることは難しい。前世の傷は現世になっても深く大きな溝を二人の間に作ってしまっていた。

「感傷に浸っている場合じゃないわよ、アイリーン」

自分で自分を叱咤《しった》し、溢れた涙を手の甲で拭った。兄の不穏な動きのこともある。クラウスの体調がよくなったら話をし、やらなければならないことがたくさんある。泣いている暇はない。

でも、まずはクラウスの寝室に花を飾って、彼が目覚めてくれたときに、少しでも癒されてくれたら嬉しい。

アイリーンは一つ一つ丁寧《ていねい》にカモミールを摘み取った。しばらくすると、サルージャが深刻な顔をしてこちらへやってくるのが見えた。その様子に不安が募り、アイリーンは立ち上がった。

「クラウスに何かあったのでしょうか？」

「いいえ、クラウス陛下にお変わりはありません。アイリーン様にお話があって、こちらへ参りました。今、よろしいでしょうか？」

「ええ……」

サルージャはアイリーンの返事を聞くと、隣に座り込み、カモミールを摘み始めた。アイリーンも再びしゃがんで、サルージャと一緒に花を摘んだ。

「カモミールは昔から陛下がお好きな花で、よくアイリーン様とお二人で摘んでいらっしゃいました」

「ここで、ですか？」

「ええ、本当に誰が見ても羨ましいほどの仲睦《なかむつ》まじいお二人でした」

その言葉に、さきほど記憶の中で優しく笑っていたクラウスを思い出す。あの眼差しを正面から当たり前のように受け止めていた自分。きっと幸せそうに笑っていたに違いない。

アイリーンがそっと目を伏せると、サルージャが話しにくそうに言葉を続けた。

「……儀式のことをお話ししようかと思います」

「え？」

「先ほどのアイリーン様の言葉に私も覚悟がつきました」

「私の言葉？」

「ええ、どんなことでも乗り越えてくださると仰ってくださった」

『私、クラウスと一緒にいられるのなら、どんなことだって乗り越えられるわ。きっと昔の私でも彼との結婚を決めた時点で、すべてを覚悟していたと思うのに、彼は私の覚悟を信じてくれていなかったの？』

アイリーンが先ほどサルージャに伝えた本音だ。

「ええ、クラウスと一緒に生きていくためだったら、どんな苦難にも立ち向かうわ」

サルージャはアイリーンの言葉を聞くと、小さく頷き返した。

「……番の儀式は本来、我々と違う種族の人間を、聖ドラゴンにするというもので、かなり過酷なものになります。成功率は五分五分で、失敗したら命を落とすという非常に危険な儀式です」

「命を落とす……」

聞いても驚くことはなかった。たぶん前世の自分なら知っていた話だからだろう。

「儀式には三人以上の聖ドラゴンが必要となります」

それは聖堂で見た記憶の一部で、クラウスが言っていた。命がまさに消えようとしていたアイリーンを抱いて、戦場でクラウスは残り二人の聖ドラゴンを探していた。

「三人の聖ドラゴンによる聖魔法で執り行うのですが、終盤、我々の国に古くから伝わる聖剣、『破天の剣』を使う儀式が始まります」

「『破天の剣』――――！」

兄が探している剣だ。その剣がアイリーンの『番の儀式』に必要ならば、なおさら兄に渡すことはできない。アイリーンは一層気を引き締めた。自分がクラウスの傍で生きていくためにも、絶対兄に剣を渡しはしない。

「はい、その聖剣で貴方様の心臓を貫き――――」

「え……貫くの？」

思いも寄らなかった方法にアイリーン は息を呑んだ。

「はい、貫き、溢れ出したアイリーン様の血を伴侶であられるクラウス陛下が飲み、そしてアイリーン様が陛下の血を飲み合った後、アイリーン様に仮死《かし》状態で一週間眠りに就いていただくというものです。一週間後、目が覚めれば儀式は成功で、さもなければ、そのまま命を失います」

想像以上に過酷な儀式である。クラウスが躊躇《ちゆうちよ》していたのも理解できる内容だった。

「陛下と共に生きるということは、この儀式を受けるということになります。その覚悟はおありでしょうか、アイリーン様」

「あるわ」

アイリーンは即答した。その答えの速さにサルージャが驚く。

「お命が危険に晒されても、ですか?」

「ええ、さすがに少し驚いたけど、それでもきっと二百年前の私は覚悟していたわ。今もその思いは変わらない。だからサルージャ様、心配しないで。私はクラウスを見捨てて逃げるようなことはしない。絶対この儀式を成功させて、彼と共に生きていくわ」

サルージャの瞳が一瞬大きく見開き、そして細められる。

「あの方は、二百年余り前に貴方様を亡くされて我を失い、地上の王国を一つ滅亡させてしまわれました。たとえそれがアイリーン様を失った原因となった王国であっても、我に返られたクラウス様はご自分のなされたことに絶望され、地上のすべてをお捨てになって、空へと身を隠されました。アイリーン様、どうか陛下を闇からお救いくださいませ」

「私だけの力では無理かもしれません。でもサルージャ様やリヤード様、その他、クラウスを支える方々の力をお借りできれば、きっとクラウスも前を向いてくれると思います。どうかこれからも助けてください」

「勿体ないお言葉です」

サルージャはそう言いながら、アイリーンにカモミールの花束を渡してきた。

「ありがとうございます」

アイリーンは笑顔で花束を受け取った。


サルージャと別れ、アイリーンはカモミールの花束と、途中で調達した花瓶《かびん》を持って、一人でクラウスの寝室へと入った。

リヤードは気を遣って、アイリーンの顔を見ると「あとは宜しくお願いします」と告げ、寝室から出ていってしまった。クラウスの容態は落ち着いていて、今も先ほどよりは穏やかに眠っているように見えた。

手水用に用意されていた水を花瓶に汲《く》み、カモミールを生ける。すると束になっていたカモミールがふわりと広がり、小さな花が花瓶いっぱいに溢れ、優しい香りが寝室に漂う。

アイリーンはそれを窓際に置き、ベッドの脇に置いてあった椅子に腰かけた。

クラウスの端整な顔が色もなく眠っている。アイリーンはそっと彼の頬に指先で触れた。

何度も彼の体温を確かめるように撫でていると、熱いものが胸に込み上げてくる。

こんなに愛しているのに、クラウスは現世のアイリーンのすべてを拒否して、死の淵《ふち》へと向かっている。そんなにも前世のアイリーンを愛しているのだろうか。今のアイリーンでは敵わないほどに。

彼女も私のはずなのに、前のアイリーンに嫉妬してしまう……。

涙が溢れそうになる。

私、ここに来てから泣くことが増えたわ……。

ぽすっと音を立ててベッドの脇に頭を乗せた。さらりとしたシーツは肌触りがいい。その感触を楽しみながら、頬を預けたままにしていると、ふと頭を誰かが撫でた。

え――――？

顔を上げると、クラウスの手がアイリーンの頭を優しく撫でてくれていた。

「クラウス……目が覚めたの？」

「ああ、心配をかけたようだな。すまない」

アイリーンがその言葉に小さく首を振ると、クラウスはアイリーンの頭を撫でるのをやめ、そっとアイリーンの頬を濡らしていた涙を指ですくい取ってくれた。そのままクラウスの瞳とかち合う。どちらともなく、顔が近づき、ふわりと唇が重なった。

あ……。

最初は掠めるようなキスだった。驚きで瞠目すると、今度は先ほどより長く唇を奪われる。口腔を優しく舐めとられ、最後はキスが終わるのを惜しむかのように、下唇を甘く吸われた。

鼻先に彼の吐息が当たる。すぐ目の前で彼が囁いてきた。

「すまない。私にこんなことをする資格はないのにな」

「……クラウス、あなたは私に謝ってばかりね」

「君には謝ることばかりだからな」

柔らかな空気が二人を包み込む。風に乗ってカモミールの甘い香りが漂う。その香りに気付いてクラウスは視線を窓へと向けた。

「カモミール……君が摘んできてくれたのかい？」

「ええ、好きな花の一つなの。でも、昔、あなたとよくこの花を摘んでいたと聞いて、私がこの花が子供の頃から好きな理由がわかったような気がしたわ」

記憶のどこかで、クラウスとの思い出が残っていたから、この花が好きだったのかもしれない。

「そうか……」

彼が視線を下げる。過去の話は彼にとってやはり苦痛なのだろう。アイリーンはそんな彼を目の当たりにして、思わず呟いてしまった。

「私は死なないわ」

「――え？」

彼の澄んだ金色の瞳が再びアイリーンに向けられる。

「私はあなたと共に生きるために生まれ変わったの。だから今度は絶対に死なないわ。お願い、間違った選択をして私を手放さないで。本当の番にしてくれるまで、私はあなたに何度も愛を乞うから――」

「アイリーン……」

「あなたが私に愛を返してくれるまで、何度でも乞うから……私は幸せになるために、生まれ変わってきたの」

「アイリーン、駄目だ。私から離れてくれ。さもなければ私は君を捕まえて、もう二度と離せなくなる――」

「離さなくていいと前にも言ったわ！」

「アイリーン……っ」

いきなり抱き締められる。アイリーンの首筋にクラウスの吐息が触れる。

「君を失ってから、二度と私の運命に君を巻き込まず、私のこの思いも死してすべてを無に帰そうと、ずっと心に決めていたのに――」

苦しげにクラウスが声を絞り出す。

「どうして君は、私の決意を簡単に覆してしまうんだ……」

「それはクラウスがまだ私のことを愛してくれていたからだと思うわ。一緒にいたいって心のどこかで思ってくれていたんだと信じたい……」

アイリーンは自分の思いがクラウスに伝わるように願いながら答えた。

「こんなに弱い私でも、いいのか――？」

彼の背中が小さく震えているのがわかった。アイリーンは彼の背中に手を回し、そっと撫でた。

「弱くはないわ――。あなたはまったく弱くないわ。とても優しくて、私のことを愛してくれていたから、今は深い悲しみに囚われているかもしれないけど、本当は、あなたはとても強い人よ」

「アイリーン……」

愛しく焦がれるように名前を呼ばれ、アイリーンは堪らず欲張りになった。その言葉の先を聞かせてほしい。それだけでアイリーンは幸せになれる。

「……愛しているとは言ってくれないの？」

決死の思いで口にする。すると――。

「愛している、アイリーン。世界中の誰よりも君を愛している――愛している」

堰《せき》を切ったかのように、クラウスが愛の言葉を口にした。

「クラウ……っ……」

性急に唇を奪われる。彼に強引に躰を引き寄せられ、ベッドへと乗り上げてしまう。一瞬にして意識がすべて彼に向かった。

クラウスの舌が歯列を割り、アイリーンの口腔を甘く蹂躙《じゅうりん》する。アイリーンは拙《つたな》いなりにも、自分の舌を懸命に彼の舌へと絡ませた。

彼の一部に触れるだけで、アイリーンの躰の奥から嬉しさが込み上げる。こんなに幸せだと感じられるのは彼と触れ合えるからだ。

「アイリーン」

キスの合間に名前を呼ばれるだけで、胸の奥が切なくジンと痺れる。続けて小鳥が羽ばたいたかのように胸がざわめいた。

恋をしている――。

魂も躰もその人へ惹き付けられ、ほんの僅かな仕草にも心が動かされる。嵐の海に浮かぶ小舟のように翻弄されたとしても、彼が傍にいてくれれば幸せに胸が膨らんだ。一緒にいるだけで心が安らぎ、どんな苦難にも負けない気持ちが生まれる。

「クラウス……」

彼の名前を呼べば、彼が唇を塞ぐようにキスを落とす。同時に彼の長い指先がアイリーンの頬に触れたかと思うと、ゆっくりと首筋へと降りて、アイリーンのドレスにかかる。昼間から素肌を晒すことに羞恥《しゅうち》を覚えるが、それでもクラウスと肌を重ねる欲のほうが勝《まさ》った。

「アイリーン、私の服も脱がしてくれるかい？」

「あ……」

アイリーンは震える手でクラウスの衣服のボタンを一つ一つ丁寧に外し始めた。その間もお互いにキスをしたり、じゃれつきながら服を脱がし合う。すると、ふとクラウスの手が止まった。

「これは……あのときに私が渡した鱗……」

アイリーンの胸には革紐で留められた青褐色の欠片がぶら下がっていた。

「あなたに貰った、私の大切な宝物の一つよ。あのときからずっと肌身離さず持っているの。あなたが初めてくれたものだから――」

「アイリーン……」

「この鱗があなたの心臓を守る部分のものだって先日聞いて、私、あなたに冷たく拒絶されても、絶対あなたに嫌われていないって自分に言い聞かせて頑張っていたの。この鱗は私の心の支えだったわ」

「っ……アイリーン、すまない。君に悲しい思いをさせてしまった――」

「そんな謝罪の言葉よりも、もっと欲しい言葉があるの」

「ああ、私も謝罪よりも、もっと言いたい言葉がある――」

アイリーンは目の前の金色の瞳を覗き込んだ。すると彼がアイリーンの指先を持ち上げ、愛を乞うように唇を寄せた。

「――愛している、アイリーン。私の運命の君」

そのままクラウスがゆっくりとアイリーンをシーツの上に押し倒してきた。そしてアイリーンを見つめる。よく考えたら、お互いのことをきちんと認識して抱き合うのは、現世では今日が初めてかもしれない。

前はクラウスが覚醒したばかりで、彼の意識は半分朦朧していたと聞く。しかし今日は、ちゃんとアイリーンだとわかって抱いてくれる。

クラウス――。

逸る心が抑えつけられない。アイリーンが彼の名前を呼べば、笑って応えてくれる。そんな些細なことさえ、幸せで胸が痛くなった。

既にぷっくりと腫れたアイリーンの乳首に彼が指を絡ませてくる。柔らかな乳頭がすぐに淫らな熱を帯び、芯を持った。

「ああっ……」

ジュッと音を立てて焼かれるような熱が胸から広がる。クラウスは胸を弄りながら、唇をアイリーンの素肌の上に滑らせた。あからさまな刺激ではなかったが、その何とも言えない感触にアイリーンの腰が揺れる。もっと強い刺激が欲しいと、無意識にクラウスに強《ね》請《だ》ってしまった。

「んっ……」

僅かに声を上げると、彼が顔を上げ、アイリーンを見つめてきた。

「アイリーン、綺麗だ……」

「クラウス……」

手を伸ばせば、彼がその手を掴《つか》み取り、手のひらに唇を押し付けた。手のひらからじんわりと熱が広がる。それはアイリーンの末梢《まっしょう》神経まで犯し、全身へと回り出した。躰のあちらこちらから官能の焔が灯り始める。

「私はもう二度と君を失いたくないあまり、このまま一人で静かに生を終わらせようと思っていた」

「そんなの嫌よ、クラウス……っ……あっ……」

いきなり膝を割られ、彼の腰が強引に入って来て、彼の既に熱く滾った欲望がアイリーンに直《じか》に押し付けられた。それだけでアイリーンの下肢から蜜が染み出るような感覚が生まれる。

「昔、耐えきれず君に会いに行ったのが誤算だった。君が生まれ変わっても、会わずにいられると思っていたのに、どうしても我慢できなかった……」

苦しそうにクラウスが告白する。まるで罪を犯したことに対して告解でもするようだ。

「君を一目でも見たくて、誰にも知らせず一人で地上に降りた。君を見た瞬間、駄目だとわかっているのに、君を愛さずにはいられなかった――」

「駄目じゃないわ。私が生まれ変わっても、同じく愛してくれていて、とても嬉しいの。あなたとまた一緒にいられることが、私にとって一番幸福なことなの」

「私に運命を巻き込まれてしまうのが、君にとって幸せなのか——?」

「ええ、この幸福はあなたしか私に与えられないのよ。あなたが死んでしまったら、私は幸せにはなれないわ。さっきも言ったけど、私はあなたと幸せになるために、生まれ変わったんだって思うの。だからあなたは私を幸せにする責任があるのよ。一緒に前を向いて生きて……。お願いだから死を望むような寂しい人生を歩まないで」

アイリーンはクラウスに強くしがみ付いた。そうでなければ、彼がどこか遠くへ行ってしまうような気がした。

「愛している、アイリーン。愛している——。君が欲しくて堪らない」

クラウスは熱い吐息交じりでそう囁くと、アイリーンの内腿の付け根に唇を当て、軽く歯を立てた。

「んっ……」

痛みなのか快感なのかわからない。その判断ができないほど脳が蕩け、感覚が麻痺《まひ》している。クラウスの唇がさらにきわどい場所へと移動する。淡い茂みに顔を寄せられ、アイリーンはどうしようもない羞恥心に襲われ、腰を引いた。しかし彼の逞《たくま》しい腕がアイリー

ンを捕らえて離さなかった。すぐに膝裏を持ち上げられ、両膝を彼の肩に担ぎ上げられる。

「クラウスっ……」

ピチャリという湿った音と共に、濡れた生温かい感触が秘部に生まれる。

「んっ……ああっ……」

厚みのある花弁をしゃぶられ、アイリーンの躰は待ちかねた快感に戦慄いた。さらにクラウスは極上のワインでも味わうかのように喉を鳴らし、アイリーンの秘裂から溢れる甘い蜜をすする。

「ふうっ……ああっ……あぁ……んっ……」

クラウスは思う存分そこを舐め解すと、アイリーンの中に指を挿入させてきた。つい我慢できずに、ぎゅうっと彼の指を強く締め付ける。

「君のすべてを私で満たしたい――」

「ク……ラウ……スッ……ああっ……」

蜜壺を指で掻き混ぜられ、アイリーンは嬌声を抑えることができなかった。指を激しく左右に動かされ、大きく喘《あえ》いでしまう。

「すまない。余裕がない。君に優しくしたいのに……」

「そんなこと……いい……あっ……」

彼の灼熱の楔がアイリーンの蜜口へぴちりと宛《あて》がわれる。下肢からじりじりと焦げ付きそうなほどの熱が伝わってくる。

「クラウス、愛しているわ……」

頭が真っ白になりつつあるのに、その中でしっかりと残っている大切な思い——。

「愛しているの……」

何度口に出しても言い足りない。

「私もだ、アイリーン。愛している」

「ああっ……」

愛している人に愛していると言ってもらえる幸せ。愛おしさが尽きず、胸が痛いほど震えた。人は幸せすぎても涙が溢れるのだと、改めて知る。

アイリーンはその幸せを強く噛み締め、愛する人の腕の中に身を預けたのだった。


シーツの中で、二人で寄り添い合う。アイリーンはクラウスの胸に頭を預け、彼のぬくもりに包まれていた。胸いっぱいに幸せが満ちる。

「もう、これで私は君を手放せなくなった……触れなければ、どうにか諦められると思っていたが、もうこうやって君に触れてしまったら、君が嫌だと言っても無理に繋ぎとめてしまうだろう」

「嫌だなんて言わないわ……」

アイリーンはそっと背を伸ばし、クラウスの唇へと自分の唇を寄せた。掠めるようなキスに、クラウスは不満だったのか、すぐにアイリーンのこめかみに口づけをした。するとアイリーンの下肢が再び甘く痺れるような感じがする。

「っ……」

そんな淫らな自分をクラウスに知られたくなくて、声を出さないように耐えた。やっと心から彼と一つになれたと思うだけで、アイリーンの躰に官能的な焔が灯り、恥ずかしくなる。

「アイリーン？」

「んっ……」

思わず艶めいた声を出してしまい、必死で取り繕おうとしたが、そんなアイリーンの敏感な反応に気付いたのか、クラウスの指がアイリーンの蜜部に忍び込んできた。

「あ、ク……クラウスッ……」

「もう少しだけ、いいだろうか？」

「あ……」

彼の指がアイリーンの淫らな花弁に触れてくる。彼に求められるのはとても嬉しいが、それに応えることに羞恥を覚え、言葉にできない。

「アイリーン？」

先ほどまで彼を受け入れていた蕾に、彼の指がそっと滑り込んでくる。

「あ……んっ……」

「まだ濡れているね……すぐに挿《い》れても大丈夫そうだね？」

アイリーンは恥ずかしさにきゅっと目を瞑った。きっと全身、真っ赤になっているに違いない。するとアイリーンの耳元に吐息だけで囁くクラウスの声が届く。

「可愛いよ」

その声に、アイリーンはクラウスの首を引き寄せ、その首筋に真っ赤になった顔を埋《うず》めた。

「そのままで、アイリーン」

クラウスの声と共に、ベッドの軋《きし》む音が再び響き、甘い時間はまだまだ続いたのだった。

＊＊＊

窓の外から小鳥の楽しそうな囀りが聞こえてくる。

頬にシーツの心地よい肌触りを感じ、アイリーンは目を覚ました。明るい陽射しが窓から差し込み、部屋がきらきらと輝いている。

ふと隣を見ると、いるはずの彼がいない。彼がいたであろう場所に手を伸ばしても、シーツにぬくもりはなく、彼がここを去ってからある程度時間が経っていることがわかった。

クラウスはどこへ行ったのかしら……？

ゆっくりと起き上がり、躰にシーツを巻き付けベッドから出た。そのまま窓辺へと近づく。昼を過ぎた頃だろうか。太陽が少しだけ西へと傾いていた。すると空の向こうから大きな鳥がこちらへ向かって飛んでくるのが見えた。

鳥……違う、あれは！

アイリーンは慌てて傍に置いてあったガウンを羽織り、テラスへと出た。先ほどまで遠くに見えた鳥、否、ドラゴンは城の近くまでやってきていた。

「クラウス！」

青褐色のドラゴンに向かって手を伸ばすと、ドラゴンはゆっくりと空を旋回した。そしてテラスへと静かに降りてきた。

テラスは通常のものよりも大きく造られており、聖ドラゴン族が人間とドラゴンの姿、どちらにでも変えやすいようになっている。今もクラウスがドラゴンのままでテラスへと降りていた。

「クラウス……」

彼が顔をアイリーンの顔に寄せる。ドラゴンのままなので、顔の大きさも何倍も違った。

「なに？」

彼の口許を見ると、何かが咥えられていた。よく見ると、薄い紫と桃色の二色の可愛らしい花だった。

「これは……」

アイリーンは思わず息を呑んだ。この花を知っている。シェリーだ。この花は滅多に咲かない珍しい花で、花言葉は『永遠の愛』といい、恋人たちの間では幻の花とまで言われている有名なものだった。

「クラウス……」

この花を恋人に贈ると、永遠の愛が誓われ、死して魂になっても二人は共にいるという言い伝えがあるほどで、求婚の花としても知られるものであった。

「……これを、私に、くれるの？」

ドラゴンが小さく頷く。途端、アイリーンの頬がカッと熱くなった。鼓動も一段と速くなり、気持ちが舞い上がる。アイリーンは嬉しさに震える手で、彼の口許からシェリーの花を受け取った。

ふわりと甘く優しい香りがした。彼がアイリーンのために摘んできてくれたのかと思うと、幸せで胸がいっぱいになる。貰った花を大切に胸に抱えると、彼がアイリーンのガウンを口で咥え、軽く引っ張った。

「え？」

『一緒に空を散歩しよう』

クラウスの声がアイリーンの脳裏に響く。

「乗せてくれるの？」

返事の代わりか、クラウスは翼を大きく羽ばたかせた。

「行きたいわ。待ってて、今すぐ着替えてくるわ！」

アイリーンは部屋に戻ると、貰ったシェリーの花を、先ほど生けたカモミールと一緒の花瓶に入れ、急いで着替え始めた。

「凄い……。とても綺麗！」

アイリーンは胸をどきどきさせながら、クラウスに騎乗し、空を飛んでいた。普通のドレスではドラゴンに乗れないということで、以前から用意をされていた乗龍服を初めて着ることになった。

空中の冷たい空気に晒されても大丈夫なように厚手の布と革でしっかり作られたパンツスタイルの衣装だ。そこに膝丈くらいの乗龍ブーツを履き、さらに外套《がいとう》を羽織り、風対策をしていた。顔に当たる風は冷たいが、それが今はちょうど気持ちがいいくらいだった。

ドラゴンの背中から見る景色は、今まで見たことのない世界が広がっていた。

レダ・アムール王国に来たときは、二頭のドラゴンがアイリーンとシャイナの乗った大きな籠を咥えた上に、聖魔法の膜に包んだため、外を見ることができなかったのだ。

「クラウスはいつも、こういう景色を見ているのね」

足元には小さくなった町が見え、少し視線を先に遣ると、緑の丘の合間に大小の町が幾つも点在していた。あそこで大勢の家族が平和に暮らしていると思うと、何とも世界中が笑顔に包まれているような、そんな温かな気持ちになる。

『寒くないか？』

「大丈夫よ、ありがとう、クラウス」

耳元で風がびゅうびゅうと音を立てて過ぎていくが、クラウスの声は頭に響くので、聞き取ることができる。クラウスもドラゴンの超人的な聴力のお陰か、アイリーンの声を拾えるようで、会話には問題がなかった。

クラウスはそのままゆっくりと大きな翼を動かし、空を飛び続ける。気を付けてくれているのか、ほとんど揺れることもなく、初心者のアイリーンでもしっかりドラゴンに乗ることができた。

幾つか山を越えると町らしきものも減ってくる。代わりに現れるのはどこまでも続く大平原だ。白い雲と青い空。そして大地の緑。三つの色だけが織りなす美しい景色がアイリーンの目に飛び込んでくる。

「綺麗……」

さらなる果ては、蒼穹と大地が溶け込むように重なって見えた。

『この景色を――、どこまでも続く広い世界を君に見せたかった……』

「クラウス……」

アイリーンはクラウスの首にしがみつき、自分の頬をその鱗に寄せた。

「好きよ、クラウス……」

心の底から愛する思いが沸き上がる。前世のアイリーンの心と今のアイリーンの心が共鳴しているようだ。

『私もだ。君しかこんなに強く愛せない』

アイリーンの双眸から涙が溢れた。

この景色を絶対に忘れない――。

クラウスが守るこの大地を、アイリーンも一緒になって守っていく。戦争など二度と起きないように。

戦争――。

お兄様のことをクラウスにも言わなきゃ――。

アイリーンはクラウスの首元から顔を上げた。本当はようやく二人きりになれ、気持ちも穏やかであったのに、きな臭い話をするのは気が引けた。しかし、前世のような過ちをしないためにも、不穏なことは早めにクラウスに話しておかなければならない。アイリーンは思い切って口を開いた。

「クラウス、実は兄のことで少し話があるの」

『アイリーン？』

アイリーンの声色から何かに勘付いたのか、クラウスの声も真剣味を増す。

「兄が……兄が『破天の剣』を探しているの」

『破天の剣――』

クラウスが息を呑むのが伝わってきた。その剣が、彼の残酷な過去の記憶に触れる言葉の一つであることは、アイリーンにも痛いほどわかっていた。それでも同じ過ちを犯さないためにも、アイリーンは言葉を続けた。

「兄はそれを手にして、この世界を自分のものにしようとしているわ」

『っ……、因果の小車ということか――』

昔、アイリーンの前世で父がレダ・アムールの秘宝を狙って戦いを仕掛けたように、今度は兄が同じことをしようとしている。このままではきっと前と同じような惨事を引き起こすことになるだろう。因果をここで断ち切るためにも、今度こそは戦いが起きる前に対処しなければならない。

「破天の剣は、あの聖堂に置かれていた剣でしょう?」

『……聖堂に行ったのか?』

クラウスの声が少しだけ沈んだのがわかった。彼の聖域に、偶然とはいえ断りもなく立ち入ったことを後悔する。

「ええ、勝手にごめんなさい……」

『いや、それは構わない。あそこは遠かれ早かれ、いつか君が行くべき場所だったのかもしれない……』

前世のアイリーンがクラウスを庇って命を落とした場所。白い弔いの花が敷き詰められた古い聖堂に、あの聖剣は収められていた。

「あの……教えてほしいの。どうしてあそこに、そんな大切な聖剣を置いているの？」

『……あの聖堂は私にとって棺《ひつぎ》だ』

「棺……」

『王が持つとされる聖剣は、私が在位している間はあの場所へ封印し、使わないと決めていた。次の王が現れるまで、あの聖堂で彼女の魂と共に私の思いも眠らせようと思っていた。私は一緒に死ねなかったからな』

一緒に死ねなかった――。

アイリーンは白昼夢で見た過去を思い出す。クラウスはアイリーンに庇われて生き延びたのだ。それゆえに彼女に救われた命を自ら絶つことができなかったのだろう。

『私が死ぬまでの間、私の代わりになるものを置いておきたかった。死しても尚、彼女を一人にさせたくなかったからな……』

「一人にさせたくなかった……」

アイリーンの胸が締め付けられた。自分がどれだけ彼に大切にされていたのか、全部思い出せない自分が焦れったい。そして自分のことなのに嫉妬めいたものが心を苛む。

アイリーンが痛む胸を手で押さえると、クラウスが言葉を続けてきた。どうやらアイリーンの感情が無意識に彼に伝わってしまったようだった。

『すまない、言葉が足りなかったかもしれないが、その思いは君に会うまでの話だ。君にまた出会ったことで、私の考えは大きく変わったよ。君の魂はもうあの聖堂にはいない。君は私と違って、過去に囚われることなく空へと昇り、再び地上へと舞い降りたんだ。アイリーン、私のもとに戻ってきてくれてありがとう。今なら言える。今の君を今度こそ、私の手で守り、幸せにする――』

「クラウス――」

ようやくクラウスと気持ちが一つになったような気がした。しかし、だからこそ、もう一つ言わなければならないことがある。

クラウスにとって辛い話ではあるが、事実を知らさなければ、今から来るだろう困難に立ち向かえない。

「もう一つ、兄のことで大切な話があるの」

『フェルド王子か……聞くのが怖いな』

クラウスはアイリーンを緊張させないためか、柔らかな口調で茶化してくれた。それでアイリーンもやっと言葉を続けることができた。

「兄は空をも制覇するつもりで、飛行の研究をしているらしいわ。先日も気球に乗って、自分の力でこの天空の王国、レダ・アムールに来たわ」

『そのようだな。報告は貰っている。人間が空を自由に飛ぶようになるのは構わないが、それを悪用しようとする輩《やから》は歓迎しない』

「ええ……。それで……ごめんなさい。私、今からとても残酷なことを口にするわ」

『残酷？』

「……兄はさらに気球よりも機動性のいい羽ばたき機というものを研究していて、その研究に……聖ドラゴンを捕え、殺しているの……っ……私、あなたにどう言ったらいいか……ごめんなさい……っ。兄はどこかおかしくなってしまって……っ」

最後は涙が溢れ、アイリーンはそれでも声を振り絞って事実を口にした。自分の兄であるのに、あまりのおぞましさに、彼と同じ血が流れていることさえ嫌悪を覚えた。

どうしよう、私、このままクラウスの婚約者として、いてもいいの――？

クラウスに事実を告げてから、そんなことが脳裏を駆け巡る。

もしかしたら私がクラウスに厄災をもたらしているのかもしれない――。

「っ……」

恐ろしい事実に気が付いてしまった。過去も現在もアイリーンの親族が原因で多くの聖ドラゴンが死んでいる。

「あ……私……あなたにどうやって償ったらいいのか……あ……」

とうとう涙が零れ落ちてしまった。しかし運よく風が強いため、クラウスの鱗に落ちることはなく、後ろへと飛び散っていく。

泣いているって知られたくない。クラウスに心配させたくない……。

アイリーンは泣いていることに気付かれないように、素早く手の甲で涙を拭った。するとそれに気付いていたのか、アイリーンが拭い終わったタイミングを見計らって、クラウスが話し掛けてきた。

『――償いなんていらない。あなたがきちんと生きてくれなければ、私への本当の償いにはならない……だったかな？』

「え……？」

『私が君の一生を保障すると言ったときに、君が私に言った言葉だよ』

「あ……」

思い出した。クラウスがアイリーンを頑なに拒んでいたときに、彼の心をこじ開けようと必死になって告げた言葉だ。

『あのときと一緒だよ。私も君の償いなんていらない。君が私と一緒にずっと生きてくれればそれでいい』

「でも、クラウス――」

『私こそ君に言いにくいことを言わせてすまない。それに地上に降りた、いわゆるはぐれドラゴンの一部が行方不明になっているのは知っている。それが君の兄、フェルド王子が一枚噛んでいるという情報もつい最近、入っていた。ただ、彼が我が一族に何をしていたかは知らなかったが――』

「っ……ごめんなさいっ。私、あなたに厄災しかもたらさない！」

アイリーンがそう叫ぶと、急にクラウスが降下し始めた。急といってもアイリーンを振り落とさないように、躰を水平にしたまま降りていく。

「クラウス？」

やがて丘に着地し、アイリーンを背中から降ろし、クラウスは聖魔術で人間の姿に戻った。変わる瞬間は光と水蒸気に包まれよく見えないが、人間に戻ったときにはきちんと衣装も身に着け、いつものクラウスと変わりなかった。しかしその表情は厳しかった。彼が怒っている様子が伝わってくる。

「アイリーン、君はなんてことを言うんだ！」

「え……？」

「君は厄災をもたらす存在じゃない。私に光を、希望を与えてくれる存在だ。それを自棄になっていたといっても、厄災だなんて言わないでくれ」

「クラウス……」

「過去の惨事は私に大いに責任がある。君のせいじゃない」

「でもあのときの父も、私を利用してあなたを攻め入ったわ……」

「アイリーン……覚えているのか？」

「全部ではないけど、少しずつ……」

「記憶がかなり戻ってきているんだな」

クラウスはそう言って愛おしそうにアイリーンの頬に指先で触れた。

「そうだな、確かに君の父上は君を利用した。だが、あそこまでの惨事になったのは、私の判断ミスだ。そして『星雲の戦』を史上最も凄惨《せいさん》を極めた戦いと言わしめたのは、私のせいだ。君を失った怒りと悲しみに任せ、本能のまま王国一つを滅ぼしたのだから……」

「クラウス――」

それ以上クラウスに過去の話をさせたくなくて、アイリーンは彼の胸にしがみついた。

二百年前、多くの人が傷つき、死んでいった。クラウスも例外ではなく、その心に今でも大きな傷を残している。父の欲望は多くの不幸しか生み出さなかったのだ。

「一つの王国を滅ぼす。たとえそれが結果的に悪を倒し、世界を平定するためであっても、赦されないことだ。私はもう二度とあんな思いはしたくない。君を失い一時的に我を失っていたとしても、正気に戻ったときのあの絶望感は二度と味わいたくない――」

すべてを焼き尽くした廃墟の中で、一人寂しく啼き叫ぶドラゴン。あの姿はアイリーンの見た夢ではなく、実際あったことなのだ。アイリーンはクラウスを抱き締める手にさらに力を入れた。

「私も二度とあなたを一人残して逝くなんてことはしないわ。今度こそあなたと幸せになる……。この世界を平和に満ちた温かいものにするわ。だからクラウス、ここで誓ってほしいの。私のために、世界のために、私を絶対諦めないと。地上に帰すなんて、二度と考えないって――」

「アイリーン……」

「約束して――」

クラウスの胸からアイリーンは顔を上げ、彼の瞳を見つめる。彼の唇が優しくアイリーンの目元に落とされた。

「ああ、約束する。過去の過ちを繰り返すものか。君を守るために臆病になることはもうしない。私は強くなる。今度こそ君のために強くなる――」

「クラウス……」

「こんな私を愛してくれるか？　アイリーン」

「ええ、愛しているわ、クラ……」

アイリーンが言葉を言い終わらないうちに唇を塞がれる。アイリーンはそっと瞼を閉じて、彼を受け入れた。

二人が立つ丘に、穏やかな風が通り過ぎていく。口づけを交わし、どちらからともなく見つめ合った。アイリーンの髪が風に攫われ額を露わにすると、そこにクラウスがキスをした。

見上げた蒼穹はどこまでも続き、果てがないように見える。二人が目指すものも、この世界と同じく終わりがない。それでも今度こそお互いに手を取り合い、運命に立ち向かっていくと決めた。それが幸せへの一番の近道なのだから。

二度と、この手を離さない。

アイリーンは小さな胸に改めて誓った。

◆【第六章】◆　龍王と花嫁

永遠の愛を誓う花、『シェリー』は花の真ん中から中央にかけては薄い桃色で、外側に向かうほど薄い紫色になるという二色のグラデーションがとても可愛らしい花である。

アイリーンはクラウスから貰ったシェリーを押し花にして栞《しおり》を作り、大切に本に挟んで使うことにした。彼の愛の告白が形となった唯一のもので、いつでも身近な場所に置いて目にしたいと思ったからだ。

本を読みながら、栞を見るたびに心が和み、幸せに浸れる。

クラウスは約十年の眠りから目覚めてから、それまで滞っていた公務をこなすべく、連日、地上へ降りて、親交のある国へ出向いており、なかなか二人でゆっくりできる時間がない。今日もクラウスは出掛けていた。

寂しいが仕方ない。これから先、各国との正常な国交は必要なことだ。クラウスはそのために奔走しているのだから、アイリーンも陰で彼を支えていかなければならない立場にある。今を寂しいと言ってはいられないのだ。

聖ドラゴンは全能の神、サラディーナの子孫であり、その力を使って人間を自然の脅威などから守るのが使命である。これからはクラウスと二人でその重責を担っていかなければならない。

クラウスと一緒なら、その責任を果たしていけると思う――。

アイリーンは寂しさを紛らわすかのように、自分を奮い立たせた。

「アイリーン様――」

昼過ぎ、アイリーンが自室で読書をしていると、シャイナが浮かない顔で部屋に入って来た。

「どうしたの？　シャイナ」

「お兄様のフェルド王子がお越しになっておられます」

思わずアイリーンの表情が歪んでしまった。今、一番この国に近づけたくない人物だ。

「お兄様が？　会いたくありません。お帰りになってもらって」

「それが……」

シャイナが言葉を濁したときだった。彼女の背後から声がした。

「アイリーン、実の兄に向かって、なんてつれないことを言うんだい？」

「……お兄様！」

「フェルド王子、控えの間でお待ちになるように申し上げたではありませんか！」

シャイナが振り返って、フェルドを部屋の外へと追い出そうとした。すると――。

「使用人のくせに私に指図するとはどういうことだ？　この無礼者が！」

兄は腰に付けていた鞭《むち》を取り出し、シャイナに向けてそれを振るった。

「きゃあ！」

「お兄様っ！」

アイリーンは慌ててシャイナを庇うように兄との間に立った。愉《たの》しそうにこちらを見つめてくる兄を睨み上げる。彼の口端が悪辣《あくらつ》に歪んだ。

「お前は使用人を甘やかし過ぎだ、アイリーン。主に口ごたえをするような使用人は躾《しつけ》をし直す必要があるぞ」

「躾など必要ありません。お兄様こそ、その野蛮な鞭をおしまいになって」

兄はこんなものをいつも持ち歩いているのだろうか。アイリーンがまだ兄と一緒に王城で遊んでいた子供の頃には、そんな様子はまったくなかったのに、いつの間にこんな無情な兄になったのかわからない。

「ふん、それよりアイリーン、例の聖剣は見つけたか？」

兄は勧められもしないのに、勝手にカウチへと座った。

「そのお話はお断りしたはずです。お兄様」

「お前に断るという選択肢はない。剣の在処を教えるか、まだ探せないか、だ」

「勝手なことを言わないでください」

「勝手なこと？　お前は私の妹で、ゼーファ王国の第一王女だ。端《はな》から勝手なことが許される立場ではないだろう」

「っ……」

「ふん、お前が聖剣の在処を探さぬのなら、私が探すまでだがな」

そう言って兄がいきなり立ち上がった。

「私がお前だけしか頼りにしていないとでも思ったか？　自惚れるな。お前以外にもこの城に密偵を放って探させていた。はっ、お前が裏切るであろうことも想定済みだ」

「なっ……お兄様」

まさか、お兄様、剣の在処をご存じなのでは――――？

刹那、アイリーンの背筋が震えた。絶望という名の恐怖がアイリーンの胸を締め付ける。

「ゲイル、アイリーンも連れていく。これを捕えよ」

それまで兄の後ろで控えていた従者らしき男が、アイリーンの前までやってきて、アイリーンの腕をとった。

「この手を放しなさい！」

「フェルド王子のご命令です。お静かにしてくださいませ」

「お兄様！」

アイリーンは埒《らち》が明かないとばかりに再度、兄に向き直った。しかし――――、兄の手には剣が握られており、その刃先がシャイナの首元に向けられていた。

「シャ、シャイナ……」

「お前の使用人を殺されたくなかったら、静かにしろ、アイリーン。そして大人しく私に協力するのだ。前にも言ったであろう？　お前をバケモノの嫁にするつもりはないと。お前にはもっとゼーファに有益な縁談を受けさせる。大帝国の王妃にしてやろう。それがお前の幸せにも繋がることになる」

「莫迦《ばか》なことを――――」

「ふん」

アイリーンの声に兄は鼻で嗤ったかと思うと、シャイナに剣を振り上げた。

「お兄様っ！」

「きゃああっ！」

シャイナの悲鳴と共に、彼女のきっちりと結い上げていた髪が剣で切られ、ぱらぱら床に零れ落ちた。

「あ、あ……」

シャイナが大きく恐怖に震えているのがアイリーンの目に映った。

「お前が口ごたえすれば、この使用人の命はないと思え」

「ひ……姫様、どうか私のことは構わずに……」

シャイナが気を取り直し、気丈にアイリーンに訴えかけてくる。しかしそのシャイナを兄は蹴り上げた。

「あっ！」

「うるさい。黙れ、愚か者めが！」

「お兄様！」

アイリーンの声に兄の動きが止まった。

「お兄様、それ以上、シャイナに危害を加えようとなさるなら、私はここで舌を嚙んで死ぬわ。私にはまだ利用価値があるのでしょう？　お兄様、私に死なれたら困るのではないのですか？」

「くっ……」

兄の顔が忌々《いまいま》しげに歪む。

「……小賢しい妹だな」

そう言って、フェルドはシャイナから離れ、剣を収めた。

「この使用人はこの部屋に監禁しておけ。殺すなよ。アイリーンに言うことをきかせるのに、その女は有効だ。私はアイリーンと聖剣を取りに行く」

「私は行かないわ！」

「お前がいないと、聖剣が収められている部屋に入れないようになっている」

「え……？」

「ほお、その顔は知らなかったようだな。あそこは決められた人物しか入室を許されないように呪術がかけられている。お前が『利用価値』などという言葉を使うから、てっきり知っているものだと思っていたが、知らなかったのか。残念だったな。もし知っていたら、お前は私をもっと脅すことができたというのに。まあ、もちろん私に歯向かった分の制裁はきっちりとしてやるがな。さあ、行くぞ」

「お兄様っ……」

兵士に手を引っ張られた拍子に、躰がテーブルの上に置いておいた本に当たり、床に落ちる。落ちた衝撃で本が開き、中に挟んであった大切なシェリーの押し花の栞が飛ぶ。

「あ……」

手を伸ばして栞を拾おうとするも、兵士に引っ張られ、拾うこともできずに部屋から出てしまった。

「姫様っ！」

シャイナの声が響くが、すぐに扉を閉められ、彼女の声も聞こえなくなる。

どうしよう、このままでは『破天の剣』をお兄様に奪われてしまうわ――。

あの剣はレダ・アムール王国の国王が代々受け継いでいく聖剣であり、国王の象徴でもある。それにアイリーンが真の伴侶になる儀式にも必要なもので、奪われたらクラウスとも一生、一緒にいられなくなる。

どうしたら――！

これだけ騒ぎが起きているなら、本来、サルージャか誰かが現れるはずなのに、今日に限って誰も現れなかった。

みんなどこへ行ってしまったの――――？

アイリーンがどうにかしようと必死になっている間にも、聖剣が収められている古い聖堂へとどんどん近づいていく。アイリーンに場所を聞かないところから、兄は本当に密偵に在処を調べさせていることがわかった。

あ……。

とうとう聖堂の扉の前まで連れてこられてしまった。

クラウス――――！

アイリーンは、ここにいない彼の名前を心の中で叫ぶしかなかった。

＊＊＊

「今夜は嵐になるそうです。こちらの国王陛下が、一晩、部屋を用意してくださると、今、側近の方からご連絡がありました」

親睦国への訪問も終わり、クラウスが帰り支度をしていると、部屋にやって来たクラウスの部下、近衛隊長のランデルがそんな報告をしてきた。

既に外はどんよりと曇り、大粒の雨が降り出している。彼の報告を聞くまでもなく、今夜は荒れそうなのは見るだけでもわかった。自然と小さな溜息が零れ落ちる。

アイリーンが待っているだろうから早く国に戻りたかったが、この雨では兵士の安全を考えても一晩この城で明かしたほうがいい。嵐の、しかも夜に飛ぶとなると、かなりの危険が伴う。少数精鋭の部隊を引き連れてはきたが、無意味に危険な目に遭わせてはならない。

ここからレダ・アムール王国まで、普通に飛んでも半日ほどかかる。途中、嵐に遭遇するのは目に見えていた。

仕方ない。今夜はここに泊まろう……。

クラウスは早々に決断し、ランデルにこの城で待機するように告げると、懐から手のひらに載るほどの大きさの水晶を取り出した。

聖ドラゴンは水晶を介して聖魔術を使うことが多く、この水晶も遠く離れた場所との連絡をするのに使っていた。

『どうされましたか？　陛下』

水晶に触れると、そこにサルージャの顔が映り込み、そして声が聞こえた。

「嵐に遭遇して、城へ戻るのが明日になる。アイリーンに伝えておいてくれないか。あと、そちらは何か変わったことはないか？」

するど若干、サルージャの顔が嫌そうに歪んだ。正直な男だ。

『……アイリーン様の兄上、フェルド王子が城へいらっしゃっています』

「フェルド王子が？」

アイリーンから彼の野望を聞かされているのもあるが、前回に引き続き、今回もクラウスの留守を狙うかのようにして訪問した彼に不信感しか抱けない。

嫌な予感がする――。

クラウスは胸騒ぎを覚え、サルージャにそれを伝えようとした。だが。

『少々、お待ちを……それは本当かっ！　すぐに兵を出せっ！』

いきなり水晶の向こう側が騒がしくなった。

「どうした、何かあったのか！」

『フェルド王子がアイリーン様を人質にしているとのことです。どこかへ行こうとしているようです！』

アイリーン！

刹那、アイリーンの声がクラウスの脳裏に蘇った。

『兄が……兄が破天の剣を探しているの』

フェルドが世界征服を成さんがために、破天の剣を欲していると聞いたばかりだ。

「――破天の剣だ。奴の狙いはその剣を奪うことだ！」

『なるほど、だからアイリーン様を……。すぐに我々も向かいます。また後程、ご連絡させていただきます！』

サルージャが慌ただしく交信を切り、水晶から姿を消した。

「アイリーン……」

サルージャたちに任せれば、フェルドが捕まるのも時間の問題だ。しかしどうしても一抹の不安が残る。

果たして、あの狡賢《ずるがしこ》い男が素直に捕まるだろうか――。

いや、もし捕まったとしても、その後、何かを仕掛けてくるような気がしてならない。

アイリーン――――！

胸騒ぎがする。クラウスは居てもたってもいられず、部屋を飛び出した。

「陛下、どちらへ！」

すぐに近衛隊長、ランデルの声が背後から掛かった。

「ランデル、私は先に城へ戻る。お前は他の兵士らを連れて、明日帰城しろ」

「なりません、陛下！　外はこれから益々酷い嵐になります！　どうしても行かれると言うのなら、私もついて参ります！」

「駄目だ。お前はここに残れ。それに私が国で一番力があるから王位に就いていることはわかっているだろう？　飛ぶ速さも、私一人なら、最速で飛べる。構うな」

城まで普通なら半日かかる距離だが、最速で飛べば、嵐の中でもその半分近い時間で城へ辿り着けるはずだ。

アイリーン……。今度こそ君を守る。どうか、無事でいてくれ――。

「しかし、陛下！　陛下にもしものことがあったら、どうすればいいのです！　この嵐の中、とてもではありませんが、城へは辿り着けません！」

そう言われ、窓から外を見上げれば、先ほどよりもまた雨足が強くなっている。

「どうぞ、こちらでお留まりください！」

「ランデル……」

ランデルの肩越しに彼の背後を見ると、いつの間にか他の近衛隊の兵士らも、クラウスを見つめていた。

「お前たち――」

クラウスは彼らの姿を見て、己の拳を強く握り締めたのだった。

＊＊＊

アイリーンは兄に引き摺られながら、とうとう聖堂の扉の前まで連れてこられてしまった。

クラウス――――!

アイリーンは、ここにいない彼の名前を心の中で叫んだが、現実は非情で、アイリーンの耳に届くのはクラウスではなく、兄の声だけだった。

「さあ、アイリーン、扉を開けろ」

この間は押しただけで簡単に開いた。アイリーンだから開いたというのが俄かには信じられない。しかし兄が嘘を吐いているとも思えず、扉に触れるのを躊躇した。

「ふん、開けぬと、シャイナの命はないぞ。いいのか?」

兄が愉しそうに告げてきた。アイリーンはどうか開かないで、と心に祈りながら扉を押した。しかしその祈りも空しく、重々しい音が扉の開くのと同時に響く。目の前には白い花で敷き詰められた聖堂が現れた。クラウスが棺と表した、悲しみが満ちた空間だ。

「あったぞ、聖剣だ!」

兄が聖堂に荒々しく踏み込む。床に敷き詰められていた花々が一斉に蹴散らされた。アイリーンは弔いの花が踏み荒らされるのを見ていられず目を背けた。

「そこまでです。フェルド王子！」

突然、古い聖堂に凛とした声が響く。クラウスの側近、サルージャの声だった。その声に兄や兵士らが一斉に剣を抜こうとしたが、サルージャ側の兵士らが、その動作よりも早くこちらへ向けて弓を構えた。

「動かないでいただきたい。動けば我が精鋭隊の弓矢が放たれますぞ」

弓矢の弦を引く、きりきりという音がアイリーンの耳にも届く。

「我が精鋭隊の腕は確かです。その心臓を射貫かれたくなければ、剣を放しなさい」

サルージャの後ろにはリヤードもいる。それでアイリーンはこの騒ぎでも、彼らが姿を現さなかった理由がわかった。兄は泳がされたのだ。そしてここで剣を盗もうとしたところを、現行犯で捕まえようと彼らは待機していたのだろう。

「くっ……この無礼者めが！　ゼーファ王国の王子の私に向かって何をするっ！」

「何をする？　貴殿こそ、ここで何をされようとしていたのでしょうか？」

サルージャの冷ややかな声が聖堂に響く。さすがにフェルドも何かを察したらしく、一変して態度を柔らかなものへと変えた。

「じょ、城内を妹に案内させていただけだ。この国は、城を見学しているだけで、このような仕打ちをされるのか？」

「見学？　そのような見え透いた嘘をお吐きにならないでいただきたい」

「嘘？　どこが嘘だと申すのだ」

「これを」

サルージャは懐から小さな水晶玉を取り出すと、フェルドの前へ差し出した。

「何だ、これは」

「記憶水晶です」

「記憶水晶？」

「我々は貴殿を以前から要注意人物として見張らせていただいておりました。そしてアイリーン様、大変申し訳ないのですが、これを貴方様のお部屋に仕掛けておりました」

「私の部屋に？」

「はい」

サルージャは頷きながら、手にしていた水晶玉の上部を手のひらでなぞった。すると、先ほどのアイリーンの部屋での兄とのやりとりが、水晶の中で再現された。

「こ、これは……」

「これは聖魔術を使って出来事を記憶させる水晶玉です。過去の出来事をこの水晶玉に映すことができるのです。そう、貴殿が聖剣を狙っているという事実もこちらに記憶されております」

サルージャの話を聞き、フェルドの顔色がみるみるうちに変わった。

「くそっ、その怪しげな術は何だ！　この卑怯なバケモノがっ！」

「なっ、お兄様！　失礼なことを言わないで」

兄のあまりの言い分にアイリーンが兄を叱咤すると、兄はぐっと唇を噛んで言葉を呑み込んだ。さすがに自分の立場が悪いことに気付いたのだろう。

「ゼーファ王国のお客人、全員を捕まえろ」

サルージャの声に衛兵が聖堂に入って来た。すぐに囲まれる。

「私はゼーファ王国の第一王子だぞ！　こんなことをしてただで済むと思うなっ！」

兄が叫ぶも、誰も彼の話を聞こうとはしなかった。淡々とゼーファ側の人間を捕まえていく。そして――。

「アイリーン様は、私と牢屋までご同行願います」

牢屋と聞いて、アイリーンの鼓動が大きく跳ね上がったが、兄の片棒を担いだことは、紛れもない事実だ。アイリーンだけが裁かれないというわけにはいかない。

ごめんなさい、クラウス――。

アイリーンは静かに目を閉じて、ここにはいないクラウスに謝り、そして再びサルージャの顔を見つめ、返事をした。

「わかりました」

アイリーンの声にサルージャは小さく頷くと、そのまま踵を返した。

アイリーンは足元に敷き詰められている白い花に視線を落とした。白い花は可哀想に踏まれて潰されているのもある。それがまるでクラウスの心を踏みにじったようにも思えて、アイリーンは悲しみに睫毛を震わせたのだった。


シャイナは無事に保護されたかしら……。

人心地つくと、シャイナのことも気にかかった。

アイリーンが閉じ込められたのは、牢屋とは名ばかりの居心地のいい部屋だった。ただ、鍵が外から掛けられ、窓に鉄格子が入れられているのを除けば、だ。きっとここは身分の高い人や、さほど重くない罪などで一時的に拘束されるような人物が入れられる部屋なのだろう。

アイリーンは小さく息を吐くと、部屋にあった小さな椅子に座った。

どんな事情であれ、聖堂の扉を開けて、兄の侵入を許したのはアイリーンだ。たとえ兄に脅されて仕方なく追従したとしても、レダ・アムール王国を裏切ったことには変わりない。大罪だ。相応の懲罰は覚悟している。

しかし、それよりも兄が捕まり、その野望が果たされずに済んだことが、アイリーンにとって一番重要なことだった。

兄の手から聖剣を守ることができた。クラウスを、そしてレダ・アムール王国を守る手助けになれた――。

過去にはできなかったことが、やっとできて、アイリーン自身も過去から背負っていた咎から解放されたような気がした。

それに記憶水晶があるお陰で、兄との会話が残っており、クラウスを騙《だま》すためにここへ来たと誤解されずに済むことも、アイリーンの心を穏やかにしていた。一番怖いのは、やはりクラウスを裏切ったとクラウス自身に誤解されることだ。

前世でクラウスを一人残して死んでしまったという最大の裏切りをし、クラウスを深く傷つけてしまっているのだ。今度こそ、彼を絶対裏切りたくないと思っていることもあり、アイリーンが素直に兄に味方したとは思われたくなかった。

……クラウスを傷つけることがないのなら、それでいいわ。あとはどんな判断が下されても、すべて潔《いさぎよ》く受け入れよう。

不思議と心は落ち着いていた。もしこれでクラウスとの結婚が難しくなっても、この王国を兄の手で戦いに巻き込んでしまうことになるより、ずっとましだと思えた。

どんなことがあっても、彼をこれからもずっと愛していくわ――。

鉄格子越しに空を見上げる。もう夕方に差し掛かっているようで、空がオレンジ色に染まり始めていた。

クラウスは今、どこにいるのかしら――？

クラウスは朝早くから出掛けていた。見送りに出たアイリーンに、今晩中には戻ると言っていたので、寝るまでには、きっとこの窓から彼の雄姿が見えるはずだ。

どうか、無事に戻ってきて――。

強く祈る。アイリーンは胸の前で手を組んで、空を見つめた。すると扉をノックする音がした。返事をするとガチャガチャと重々しい鍵を外す音が聞こえ、扉が開いた。

「サルージャ様……」

扉からサルージャが入って来た。自らお茶のセットを載せたワゴンを引いている。

「ご気分はいかがでしょうか？　お茶をお持ち致しました」

本来ならそんなことをする必要のない立場の彼の行為にアイリーンも驚いた。

「サルージャ様、わざわざお茶を持ってきてくださり、ありがとうございます」

「いえ、ついででしたので」

　ワゴンはそのまま簡易式のテーブルになるものらしく、サルージャは手際よく組み立て、お茶の準備をしてくれた。

「アイリーン様、ご不自由をお掛けしますが、こちらの部屋にて、しばらくはお過ごしください」

「ええ、わかっています。あの……サルージャ様、一つだけ教えていただきたいことがあるのですが、お聞きしてもいいでしょうか？」

「何でしょうか？」

「シャイナは無事でしょうか？　兄に蹴られた箇所は大丈夫だったでしょうか？」

　クラウスのことも大切ではあるが、シャイナのことも気になる。兄が、シャイナには利用価値があると言っていたので、命の危険はないかもしれないが、それでも心配だった。

「彼女は大丈夫です。彼女も貴方様の心配をされていましたよ」

「よかった……」

　アイリーンがそっと呟くように声を出すと、サルージャがじっとこちらを見ている気配を感じ、彼の顔を見上げる。

「……アイリーン様はご自分の心配をされないのですか？」

そう言われて、アイリーンは苦笑を零した。

「……そうですね、確かに心配ですが、たとえ私が脅されたからといって、兄を『破天の剣』が安置されている場所まで案内したのは紛れもない事実です。それに対しては相応の処罰を覚悟しております」

「アイリーン様……」

サルージャが少し驚いたような顔をした。アイリーンはそんな彼の表情を見ながら、言葉を続けた。

「それに私も突然のことで気が動転しておりましたが、今思えば、もっと兄を揺動《ようどう》することができたはずだったと後悔しております。蒼穹の王、クラウスの婚約者として、浅慮《せんりょ》でした」

「アイリーン様……」

「私もこれからはもっと気を引き締めようと思います。クラウスが留守の間、私もサルージャ様たちと同様、この城が守れる人間になりたいのです。決して、このレダ・アムール王国が滅ぶことのないよう、世界の人々の平和を守り、守護王国としての力を失わないよう私も尽くしていきたいのです」

だからこそ同じ失敗を繰り返したくない。一歩ずつゆっくりでもいいから確実に前へ進みたい。

アイリーンは視線を外すことなく、サルージャを見つめた。ふと彼の双眸が緩む。

「ありがたきお言葉です。前の貴方様も本当に我が国のことを大切に思い、将来を考えてくださっていました。その優しく尊い御心はアイリーン様の本質でいらっしゃるのですね。さすがにクラウス陛下の心を永遠に奪った御方です」

「サ、サルージャ様」

急にそんなことを言われ、アイリーンの頰に朱が走る。

「アイリーン様、我々は今回のことで貴方様に何か罪を償わせようとは思っておりません。この牢屋に入っていただいたのも、貴方様の兄上、フェルド王子と隔離するためでございます」

「お兄様と隔離……?」

「大変申し訳ございませんが、フェルド王子はこのまま無罪放免とは参りません。判断は陛下がお戻りになってからですが、それまでは貴方様がこれ以上巻き込まれないように、こちらへ避難していただきました」

その言葉に、アイリーンは心を痛めた。兄のしたことは絶対許せないものであるが、兄がもし殺されるようなことになったらと思うと、彼を改心させることはできないかと考えてしまう自分がいるからだ。

お兄様の心を入れ替えさせるのは無理なことなのかしら……。

「アイリーン様、フェルド王子のことはあまりお考えになりませんように」

まるで心を読まれたかのように、サルージャに兄のことを言われてしまう。きっとサルージャもアイリーンが兄に肩入れするのではないかと懸念したのに違いない。同時にアイリーンも甘い考えをしようとしていたことを反省する。

「それから、クラウス陛下からご連絡が入っております」

聖ドラゴンは水晶を介して術を使うことが多いが、遠く離れた場所との連絡もこの聖魔術を使って行われていた。

「連絡が？」

「はい、あまり良い内容ではありませんが、嵐に遭遇されてしまい、今夜はお帰りになれないということです」

「今夜は……」

思わず息を呑む。

帰れない――――？

途端、アイリーンの気持ちが、シャボン玉がぱちんと割れたように萎んだ。いろんな事件が重なり、少し心が塞ぎこんでいたのを、改めて感じる。クラウスの顔を見ればすぐに復活できるつもりであっただけに、ダメージは大きかった。

しかし嵐なら無理に帰ってきては、それこそクラウスや共に出掛けている兵士らも命の危険に晒されることになる。今夜会えないのは辛いが、やはり安全第一で戻ってきてほしい。一晩くらいなら、アイリーンもクラウスに会えないのを我慢できる。できると思う。

「クラウス陛下には、フェルド王子がいらしたことはお伝えしておりますが、その後は嵐の影響か連絡が取れず、私の判断で、こうしてアイリーン様を隔離させていただきました。陛下と連絡が付き次第、現状の報告をし、判断を仰ぎたいと思っております」

「あの、もしクラウスが兄と会うようなことがあったら、そのときは私も同席させてもらってもいいでしょうか？」

「私からは返答はできかねますが、陛下へ伝えさせていただきます」

「お願いします」

兄はクラウスを傷つけることを平気でするだろう。兄の持つ鋭い棘からクラウスを守る盾になるために、クラウスの傍にいたい。アイリーンは祈る思いでサルージャにお願いをした。

「……陛下は『星雲の戦』以降、人間の住む大地をお捨てになりました。その捨てたはずの大地に、今、アイリーン様のために、再び手を差し伸べ、関わりを持たれようとしておられます。陛下も前へと目を向けられるようになられました。どうか、今回の件を乗り越えて、以前叶えられなかったお二方の夢を叶えてくださいませ」

「サルージャ様……ありがとうございます」

サルージャはアイリーンの感謝の言葉に軽く首を横に振ると、運んできたお茶の用意を再開する。すぐに香ばしいお茶の香りが部屋いっぱいに広がった。

「またしばらくしましたら、夕食をお持ちします。他に何かありましたら、この部屋の前には衛兵を護衛で二人立たせております。その者にお申し付けください」

「わかりました。いろいろとありがとうございます」

アイリーンがもう一度感謝の言葉を口にすると、サルージャは笑みを浮かべ、それに応えたのだった。


いつもより少し早めの夕食も終わり、アイリーンは一人、牢獄《ろうごく》とは名ばかりの居心地の良い部屋で、読書をしていた。

窓からは見事な満月が夜空にぽっかりと浮かんでいるのが見える。空の上の楼閣ともいえる王城はいつも晴天だ。雲は王国の下にある。

クラウスがいる場所の嵐は、もう静まったかしら……。

アイリーンは満月を見ながら、クラウスのことを案じていた。すると扉の向こうからドスドスッと何かが倒れたような音が二回、アイリーンの耳に届いた。

何――――？

尋常ではない音に、アイリーンが驚き、扉のほうへ顔を向けたときだった。今度はガチャガチャと激しい音を立てて、鍵を開けるような音が聞こえる。

何が起こっているの――――？

アイリーンが何か武器になるようなものがないか辺りを見回しているうちに、いきなり扉が乱暴に開け放たれた。

「アイリーン、来い！」

そこには別の牢屋で囚われているはずの兄がいた。荒々しく部屋へと入ってきて、アイリーンの腕をとる。あまりに突然のことで、アイリーンは咄嗟《とっさ》に動くこともできなかった。

しかし兄の背後に、二人の聖ドラゴンの兵士が廊下に倒れているのが見え、やっとアイリーンは我に返った。

「お兄様！　あの人たちに何をしたの!?」

「人？　バケモノのことか？　バケモノにも効く催眠《さいみん》ガスを使っただけだ」

「催眠ガス？」

耳慣れない言葉だった。

「気球を浮かせるガスを研究していたときに偶然できた副産物だ。特殊なハーブを混ぜて焚《た》くとできる。これで彼らはしばらく動けないだろう。よく効くだろう？　ドラゴンを生け捕りする際に使えると思って、改良を重ねて完成させたからな。バケモノを大人しくさせるのに、優れた効果を発揮する」

「なっ……」

アイリーンが青くなると、兄は莫迦にしたように笑った。

「はっ、このバケモノの心配をしているのか？　相変わらず愚鈍のごとく優しいな、アイリーン。大丈夫だ、お前が心配するようなことはしない。バケモノは今、すぐここでは殺さないから安心しろ」

「ここでは殺さないって……」

まったく安心できない言葉だ。兄の真意が透けて見える。

「ここにいるバケモノ共は、羽ばたき機を開発するのに必要だ。一つ一つ鱗と皮を剝いで、筋肉や骨格を調べてやる。空を自由に飛び回るための貴重な情報がたくさん詰まっているに違いないからな。できるだけたくさん生け捕りにするつもりだ。もちろん、抵抗する者は別だが、な」

兄のうっとりした表情に、アイリーンはもう恐怖しか感じなかった。恐ろしさに声を上げる。

「なっ……バケモノ！　お兄様こそ人間の皮を被ったバケモノよっ！」

アイリーンは勢いに任せて、目の前の兄の頬を打とうとしたが、その前に手首を掴まれて引き寄せられた。

「っ！」

アイリーンは兄の胸元に凭《もた》れながらも、兄を睨み上げると、兄は呆れたようにアイリーンを見下ろしていた。

「相変わらず生意気な妹だ。アイリーン、私はこれでもお前には特別待遇で接しているつもりなのだが？　お前でなければ、私に反抗した時点で殺してやるところだからな。お前にはゼーファ王国の第一王女という、何にも代えがたい肩書きがあるのだ。私はお前を必要としているのだよ？　さあ、少しでも私のために働け。お前にはその義務があることを努々《ゆめゆめ》忘れるな。おい、妹を連れてこい」

言いたいことだけ言って、兄は後ろにいた兵士に声を掛けると、踵を返して部屋から出ていった。

「放しなさい！」

アイリーンは両腕を掴む兵士に訴えた。しかし兄からしっかりと言い聞かせられているのか、どちらもアイリーンの言葉に耳を貸そうとはしなかった。

「姫様、口許を失礼します」

アイリーンの口許をシルクのハンカチーフが覆ったかと思うと、しっかりと頭の後ろでハンカチーフの端を縛られた。気付くと兵士の二人も前を歩く兄も自ら口許を塞いでいた。

え――――？

廊下に出ると、薄らと煙が充満しているのが見えた。そこに何人もの兵士らが倒れている。聖ドラゴン族の兵士だ。皆、催眠ガスで意識を失っているようだった。どうやら催眠ガスを使われたのは、アイリーンの部屋の護衛をしていた兵士二人だけではないらしい。この辺り一帯、ガスを使用したのだろう。だからこうやって兄も兵士らも口許を塞いだのだ。

酷い……。

アイリーンはその様子を目の当たりにして息が止まりそうになった。兄の言うことを信じれば、死んではいないのかもしれないが、こんなに大勢の人が一斉に意識を失って倒れているところを見たことがないアイリーンにとって、これだけでも充分残酷な風景だった。

サルージャ様やリヤード様、それにシャイナは無事なのかしら――？

二人の兵士に引っ張られながら廊下を足早に進む。誰一人会うことができず、益々皆が心配になった。

お兄様はこの城から逃げるおつもりなんだわ……。

ようやく兄が何をしようとしているのかわかり始めた。アイリーンをわざわざ迎えに来たのは、アイリーンを人質にして、交渉がうまくいかなかったら自分の盾にしようとでも考えているのかもしれない。

お兄様を逃がしたら、またクラウスを傷つける存在になってしまう――。どうにかして、お兄様を引き止めなければ……。

「いたぞ、こっちだ！」

ようやくレダ・アムール王国側の兵士らの声が聞こえてきた。

「フェルド王子、ここは私に任せて前へお進みください」

「任せたぞ」

アイリーンを拘束していた兵士のうちの一人が離れ、そのまま声のしたほうへと向かっていった。アイリーンはこの隙に逃げようとしたが、残ったもう一人の兵士がさらに強くアイリーンの手を引っ張り、上手く逃げることができなかった。

狭く薄暗い石畳の廊下を引っ張られ、ひた走る。次第にレダ・アムール王国の兵士の声があちらこちらから響いてきた。少しずつではあるが、アイリーンたちに近づいているようだった。

「くそっ、このままでは追いつかれるか！」

フェルドが憎々しげに舌打ちをするのが聞こえる。

「王子、そちらを左にお曲がりください！　もう少し走れば出口が見えます！」

兵士の一人が叫ぶと同時に、フェルドは左に曲がった。

クラウス――――！

アイリーンは思わず最愛の人の名前を心の中でも呼んだ。呼んでも彼が現れないことはわかっていても、そうせずにはいられない。彼の名前を思うだけでも、アイリーンの恐怖で潰れそうな胸もどうにか持ちこたえられる気がした。まるで彼の名前が、勇気の湧く呪文のようにも思える。

クラウス、クラウス、クラウス――――！

唱えるように彼の名前を何度も胸の中で呟いて、アイリーンは恐怖と戦った。

「こっちにいたぞっ！」

正面からレダ・アムール王国の兵士の声がする。どうやら挟み撃ちにされたようだ。

「くそ、忌々しいバケモノ共めが！」

「王子、ここは私が食い止めます。王子はこちらへ！」

こちらへと言われた先には小さな木戸があった。フェルドはそれを蹴破《けやぶ》る。

「来いっ、アイリーン！」

フェルドは強引にアイリーンの手を取ると、そのままさらに狭く暗い道を走り出した。

「お兄様、素直に投降してください！　こんなみっともなく逃げてどうするおつもりですか！　お父様だってお許しにはならないはずよ！」

兄を説得するつもりで、アイリーンは大きな声で叫んだ。だが兄は鋭い双眸でアイリーンを睨みつけてきた。

「父の許しなど必要ない！　私は私の力で王位を手に入れる！　お前をこんなバケモノの嫁にしなければならないような愚かな王など、ゼーファ王国には必要ない！　お前はただ黙って私についてくればいいのだ！」

「お兄様……」

子供の頃、兄とよく遊んだのはもう遠い過去の話で、今ここにいる兄は、その昔の兄の面影もなかった。

どこで兄とこんなに心が離れてしまったのかしら――。

初めての裁縫《さいほう》の授業で作った小さな馬のぬいぐるみを大好きな兄にプレゼントした。兄はきっとそんな物など欲しかったわけではないのに、とても喜んで受け取ってくれた。

妹思いの兄。あの穏やかで優しい光に包まれた平和な日々はどこへ消えてしまったのだろう――。

「私は将来のゼーファ国王だ。羽ばたき機を実用化し、全世界を制圧してみせる。弟など寄せ付けるものか。私が真の国王だ」

弟？　リンデールお兄様を寄せ付けない？

アイリーンのもう一人の兄、第二王子のリンデールの名前がいきなり兄の口から出てきて、違和感を覚えた。

リンデールお兄様と何かあったの――？

「行くぞ！　追手が迫っている！」

兄は言うだけ言うと、再びアイリーンの手を引っ張り、走り出した。しばらく狭い道を行くと螺旋《らせん》階段が現れる。兄は戻ることも許されず、その階段を上がった。

たぶん兄もわかっているだろう。この階段を進めば、きっと塔の上へと出てしまい、逃げ道がないであろうことを。それでも追われていては、上へ行くしかなかった。

息切れがする。足も錘《おもり》をつけたように重く、前へ進まない。だが螺旋階段はまだまだ上へと延びていた。

「もたつくな、アイリーン！」

兄が我慢できない様子で怒鳴ってくる。それもそのはず、下のほうからは大勢の人間が階段を駆け上がって来る音が響いていた。

「くそっ！」

いきなり兄がアイリーンを荷物のように肩に抱え上げる。

「きゃっ！」

ここで振り落とされたら、怪我では済まない。アイリーンはできるだけ動かないように、兄にされるがままに担がれた。

螺旋階段の下からは松明の灯りがちらちらと見えていた。味方がすぐ近くまで来てくれていることを自分に言い聞かせながら、アイリーンは自分を落ち着かせた。

やがて上部に扉が見えてくる。兄は扉をまた乱暴に足で蹴破った。

そこは塔の屋上で、少し広くなっていた。兄に担がれたままアイリーンは外へと出た。

星が煌めく夜空に、美しい満月がぽっかりと浮かんだ幻想的な風景が広がっている。まるでこんな騒動など関係ないかのように静かな夜が存在していた。

「くそ、行き止まりか」

兄の呟きがアイリーンの鼓膜を震わすと同時に、兄の肩から降ろされる。そしてそのまま後ろから羽交い締めにされたかと思うと、喉元に剣を突き付けられた。

「お兄様っ⁉」

「アイリーン、お前を殺したりはしないから安心しろ。だが、私に脅され、殺されそうだと言って、あのバケモノ共をここから撤退させるんだ。いいか、わかったな」

兄はまだ逃げる気でいるようだった。こんな塔の上ではとても逃げられない。もしかしたら兄はとうに正気を失っているかもしれなかった。

「お兄様……もう逃げられないわ。無理よ。投降して。私からもお兄様の罪が軽くなるよう陛下にお願いするから、もう諦めて！」

「何を言っている！　まだ我々に勝算はある」

兄の腕がアイリーンの首元を圧迫する。呼吸がしづらく、アイリーンは息をするために喘いだ。

「っ……あっ……お、兄さ……まっ……」

「そこまでです！」

夜空を背にした屋上にリヤードの声が響き渡った。アイリーンが扉のほうへ振り返ると、リヤードが大勢の兵士を連れて、立っていた。

「フェルド王子、大人しくしていただきたい。我々も貴殿に怪我をさせたくはありません」

「近寄るなっ！　近寄ったら、この女の命はないぞっ！」

再び兄はアイリーンの喉元に剣を突き付け、じりじりと後ずさりをした。やがて兄の足に欄干《らんかん》が当たる。屋上からの転落を防ぐためにある欄干の高さはアイリーンの腰の高さほどしかなかった。

「あ……」

アイリーンが足元に目を遣れば、塔の下に地面はなかった。王国は領地ごと空に浮いている。しかし塔の下は境目なのか、崖になっていた。遥か下のほうに月に照らされた大地が小さく見える。

ここから落ちたら、ひとたまりもないわ……。

下から吹き上げる風に髪を煽られる。底なしと言っても過言ではない空間に、ゴォッという不気味とも思える風の音が響いていた。

「アイリーン様をお放しください！　そんなことをしては、貴殿の罪が増えるばかりですよ、フェルド王子！」

リヤードが一歩前へと進み、片手を上げた。すると背後にいた兵士たちが弓を構える。

「剣を捨てなさい」

その声に、フェルドの躰がぴくりと動いた。しかし――。

「くっ……アイリーン、お前だけ置いていったりはしない」

兄がアイリーンの耳元でふと呟いたと思うと、再びアイリーンを羽交い締めにした。

え――？

「お前たちバケモノは、この女の命が必要なのだろう？　こうやってこの女を盾にすれば、弓も射てまい」

フェルドの言い分にリヤードの片眉がぴくりと動く。その様子にフェルドの口許に再び笑みが戻った。

「やはりな。花嫁と言いながら、大方、妹の命をお前たちの餌にでもするつもりだったのだろう？　この人喰いドラゴンがっ！」

どこまでも聖ドラゴンをバケモノと捉える兄には、そんな風にしか思えないのだろう。

だからこそ、もっと兄に説明すればわかってもらえるかもしれない。そうすれば、気球や羽ばたき機を平和的に利用する研究を重ねていけるのではないか――。

「お兄様、違うの。私はクラウスの――」

「アイリーン、お前を救う手立ては、最初から決まっていたのかもしれないな……」

突然意味のわからないことを言われ、アイリーンは自分を後ろから束縛する兄を振り返った。

「お……お兄様？」

「お前を殺すのが、どうやら私の運命だったようだ――――」

途端、リヤードの声が響いた。

「貴様っ！　アイリーン様を殺せば、証拠隠滅《いんめつ》だとでも思っているのか！」

敬語もなくなっていた。リヤードの中で大きな怒りが沸き起こっているのが、アイリーンにも伝わってきた。しかしフェルドはそんなリヤードの怒りにも気付かないのか、笑みを浮かべた。

「アイリーン……お前をバケモノの餌食にはさせない」

「え？　お兄様……」

兄の様子がおかしいと思ったときだった。兄の手に握られていた剣が目にも留まらぬ速さで掲げられた。

刺される――――！

「アイリーン様っ！」

リヤードの声が鼓膜を震わせた刹那、兄はその剣でアイリーンではなく、自分自身の胸を貫いていた。

「お兄様っ！」

「アイリーン、お前が妹でも愛していた……。お前は誰とも結婚させない……。私からお前を奪うものは……すべて破滅させてや……る……。一緒に……死のう……」

「え……お兄様……？」

信じられない言葉を耳にした。

お兄様が私を——？

「お前を……やっと、私一人のものに……できる……くっ、ゴホッ……」

兄が口許から血を溢れさせる。力尽きてアイリーンに寄り掛かるように倒れてきた。その拍子に兄の懐から何かが落ちそうになった。目を遣ると、薄汚れた布の塊が見えた。その塊を兄が最後の力を振り絞るようにして握り締める。

何……？

兄の手に握られた布の塊は、よく見ると小さな馬のぬいぐるみだった。そのボロボロな様子から、ずっと肌身離さず持っていたのだろうことがわかる。

「っ……」

そう、それはアイリーンが子供の頃、初めて作ったぬいぐるみで、兄にプレゼントしたものだった。

『――お兄様、裁縫の時間に初めて作ったの。お兄様の好きなお馬さん……』

『わあ、ありがとう、アイリーン』

あのときの兄はとても喜んでそれを受け取ってくれたのを覚えている。

兄と一緒に過ごした子供の頃の記憶が蘇り、アイリーンの瞳に涙が溜まる。兄の心を垣間見たような気がしたからだ。

どうして、どうして今もそれをお持ちなの？　お兄様――！

突然のことで、声も出ずに兄を見上げると、兄は穏やかに笑っていた。

「アイリー……ン……」

兄はきつくアイリーンを抱き締めると、そのまま何の躊躇もなく欄干から飛び降りた。

え――？

「アイリーン様っ！」

兄に抱え込まれたまま塔から落下する。目の前に夜空が広がったかと思ったら、リヤードが塔から必死の形相で下を覗き込む姿が見えた。瞬間、落下速度が加速する。

落ちる――！

風の音が耳元で大きく唸る。キーンと耳鳴りがし、鼓膜が破れそうだ。

兄の手がするりとアイリーンから離れていく。アイリーンは慌てて兄を掴もうとするが、思うように届かなかった。兄がアイリーンから次第に離れていく。

お兄様っ！

兄の手を掴もうと懸命に手を伸ばすが、無情にも兄はどんどん遠くへ離れ、やがて点のようにしか見えなくなり、そして最後にはその姿を見失った。

お兄様――っ！

兄を追おうにも、アイリーンも尽きることなく下へと落ちていく。地面までどれくらいの距離があるのかわからない。ただ目の前に広がるのは、満天に輝く星々と、一際大きな満月だ。

最期に見る景色にしてはとても美しいものだった。

クラウス――！

ふと、アイリーンの瞳から一筋の涙が零れ落ちた。すると、そのまま次々と溢れ出し、止まらなくなった。

――クラウス、愛しているわ。ごめんなさい、また私、あなたをこの世界に一人きりにさせてしまうわ……。

涙が零れるのは、自分が死ぬことが怖いからではなかった。クラウスがまた孤独に打ちひしがれ、一人で悲しまなければならないことが辛いのだ。絶対彼にそんな思いをさせないと決めていたのに――。

世界で一番愛しい私のドラゴン――。

涙で滲む満月を見つめる。

せめてあの満月に掴まることができたらいいのに……。

アイリーンは満月に向かって手を伸ばした。すると満月のちょうど真ん中辺りに、小さな黒い点があることに気付く。その点はみるみるうちに大きくなり、翼が上下に動いている様子が見て取れた。

夜に鳥……？

キィィィィ――ッ！

凄まじい鳴き声がアイリーンの耳に届いた。満月を背に、大きな翼が物凄いスピードで近づいてくる。

あ――！

見間違いかと思った。なぜならアイリーンが待ち望む世界で一番大切なドラゴンは、嵐で足止めをされているはずだ。

でも……。

でも、あれは――！

「クラウス――――！」

『アイリーン！』

彼の声が脳裏に響いたと同時に、大きな翼が羽ばたく音がアイリーンの耳に響き、目の前に迫った。

青褐色のドラゴンが落下するアイリーンの真下にタイミング良く滑り込み、背中でキャッチした。

「あ……クラウスッ！」

アイリーンは堪らず、ドラゴンの首にしがみ付いた。すると首や、また他の箇所にも幾つか傷があり、血が出ていることに気が付く。

「クラウス、この傷は……」

『大したことはない。それよりも間に合って良かった』

「っ……」

きっと嵐の中、クラウスは無謀にも自分の命を顧みず、心配でここまで来てくれたのだ。

アイリーンの瞳からはさきほどとは違う意味で涙が溢れた。

「こんな怪我までして……ありがとう……、クラウス、ありがとう」

『アイリーン、君が無事でよかった……』

その言葉に、アイリーンは首を横に振った。

「……お兄様が……お兄様が……」

それ以上言葉を続けることができず、アイリーンはクラウスの背中へ崩れ落ちた。

『アイリーン……どうしたんだ？　フェルド王子がどうかしたのか？』

「胸を剣で貫いて……塔から飛び降りたの。私……兄を見失って……」

『……アイリーン、酷なことを言うが、この一帯にはフェルド王子の生命反応は感じられない。生きているものは聖魔術でその命の鼓動を確認することができるが、死したものに関しては、できないんだ……』

「……この辺りではなく、もっと地上に……あ……」

地上に落ちる……即ちそれは転落死を意味することになる。クラウスの言う通り、兄の生存確率はほぼゼロに近いことを、アイリーンはやっと頭で理解した。

『アイリーン……』

クラウスの声が沈む。アイリーンの気持ちを察してくれているのだろう。

「っ……」

自然とアイリーンの口許から嗚咽が漏れた。人道を踏み外し、世界を征服しようとしていた兄だが、最期に兄の懐から零れ落ちようとしたぬいぐるみを見て、兄の心にまだ優し

さが残っているような気がした。もう少し兄と話し合っていれば、こんな結末にならなかった気がして、悔やんでも悔やみきれない。

『陽が昇ったら、フェルド王子の捜査隊を出そう。大切な義兄上だからな』

「クラウス……ありがとう」

レダ・アムール王国を滅ぼそうとしていた兄を犯罪者としてではなく、身内として扱ってくれるクラウスの気遣いに心から感謝した。

『アイリーン様！　クラウス陛下っ！』

ようやくリヤードたちがドラゴンに変身してやって来たようだ。夜空を見上げれば、何頭ものドラゴンが大きな翼を広げて舞っていた。

アイリーンは満月の空を背景に、もう一度、愛するドラゴンの首にぎゅっとしがみ付いたのだった。

＊＊＊

「ご無事ですか！　クラウス陛下！」

「アイリーン様！」

城に戻って来たクラウスとアイリーンを大勢の人々が迎えに出る。リヤードもサルージャもすぐに人間の姿に変わり、まだドラゴンの姿のクラウスとその背中に乗っていたアイリーンのもとに駆けてきた。よく見たら皆、涙ぐんでいた。それを見て、アイリーンも再び涙が溢れる。

生きて無事にここに戻ってきたんだわ……。

こうやって皆の顔が見られることに感謝する。生きていることの素晴らしさを実感した。

『フェルド王子の捜索を、陽が昇ったと同時に始める。準備をしておいてくれ』

「かしこまりました」

クラウスはアイリーンとの約束通り、早速兄の探索に動いてくれた。アイリーンはクラウスから降りると、その鼻先に頰を寄せ、彼に改めて感謝した。すると呆れたようなリヤードの声が聞こえた。

「陛下も嵐の中、よくぞご無事で……。それにしても無茶をなさいますね。本来なら半日程かかる道のりだったはず。それをこんな短時間で……。まったく、ご無理をなさらないでください」

リヤードの溜息交じりの小言に、アイリーンもクラウスがここにいる無謀さに気が付いた。彼は旅先で嵐に遭い、足止めを食らっていたはずだ。それなのに、ここにいるということは――。

「そうよ、嵐の中、飛んできたなんて……クラウス、危険すぎるわ」

『こんなことは大したことない。それに私の命のことを言っているなら、君に何かあるほうが何倍も私は死にそうになるぞ。今回は前々からフェルド王子の動きが怪しかったので、サルージャやリヤードと聖魔術で連絡を取り合っていて、ほぼ同じタイミングで君の危機を知りうることができた。本当に間に合って良かったよ……』

「クラウス……」

『他の兵士らは嵐が収まるまで待機するように言ってきている。明日の帰還になるだろう』

「それは陛下、お一人で強行突破してきたということですね、はぁ……」

サルージャが眉間に皺を寄せながら、これ見よがしに大きな溜息を吐いた。しかしふと、何かに気が付いたように、まだドラゴンのままであったクラウスを見上げた。

「陛下？　ところで、どうしてその姿のままで……」

サルージャの声にリヤードが何か合点した様子で、すぐにクラウスの足元へと走った。

そしてドラゴンのままのクラウスの躰を確認する。

「陛下、足に木の枝がっ！」

「クラウス!?」

クラウスの足にはアイリーンの腕ほどもある木の枝が突き刺さっていた。そのために人間の姿に戻れなかったようだ。

『大したことはない。今まで刺さっていたことにも気付いていなかったくらいだ』

そうは言うが、クラウスの鱗は剝がれ、そこから血が流れている。人間の姿に戻ったら瀕死の重傷になってしまうと思われるほどの怪我だった。だからこそクラウスも人間の姿に変わらなかったのだろう。

思った以上の酷い怪我にアイリーンはクラウスの鼻先にしがみついた。それほど無理をしてアイリーンを助けるために戻ってきたことが切々と伝わってくる。彼に本当に愛されているのだと心底理解した。そしてアイリーンも彼をこの世の何よりも愛していると自覚する。

「クラウス……お願いだから、莫迦なことをしないで」

『君を助けることが莫迦なことだとは思わないよ』

しがみつくアイリーンにクラウスの鼻先が寄せられ、そっと撫でられる。堪らずアイリーンは涙を零した。

結局、クラウスはそのまますぐに施術室に運ばれ、聖魔術による緊急施術が行われたのだった――。

◆【第七章】◆　番《つがい》の儀式

空が遠い……。

アイリーンは地上から空を見上げて、いつもより空が遠いことに寂しさを覚えた。

今、アイリーンはシャイナと故国ゼーファァ王国に里帰りをしていた。理由は兄、フェルドについて、父や母と話し合うためだった。

結局、フェルドの死体は見つからなかった。空の王国、レダ・アムール王国から遥か下の地上へと落ちたのだ。落ちた可能性のある場所は相当広く、クラウスたちが懸命に捜したにもかかわらず、残念な結果となった。

「フェルドがそんな莫迦な真似をするとは……」

平和を愛する父は、最初はフェルドの愚行を俄かには信じられなかったようだった。しかし水晶に記録されたフェルドの言動を見て、力なく肩を落とした。

「しかも聖ドラゴンを実験に使っただと？　神の子孫とも言われる聖ドラゴンを……。何という恐れ多い罪をフェルドは犯したのだ。我々はレダ・アムール王国にどう償いをしたらいいのか……。わしの命で済むのなら、この命を差し出すことで赦してはもらえぬものだろうか……。二度と戦争はしたくはないのだ」

父は表情を歪めた。

「お父様、クラウス陛下も戦争は望まれておりません。それにお父様だけでなく、誰の命も欲してはおられません。亡くなった命は取り返せない。新たな命を失う必要はないと仰せになっておりました。陛下はお優しい方なのです」

「お前はそう言うが、本当に何もしなくともいいのか？」

「ええ、クラウス陛下は自分がこちらに出向いて大事になってはいけないと思われ、今日は私だけをゼーファ王国に送られたけれど、私がお父様と話を纏めたら、改めて同盟を結ぶおつもりでいらっしゃるわ」

「そうか……それでよいとされるなら、私から何かまた別に詫びを考えておこう」

「ですが、お父様。私から一つお願いがあります。気球、及び羽ばたき機の研究を止めていただけないでしょうか？　まだ私たち人間が空を自由にするには時期尚早だと思います。

空はやはり神域です。私たちが戦いを完全に忘れるまで、冒《おか》してはならない聖域だと思うのです」

クラウスは人間が空を飛んでも構わないと言っていたが、兄の恐ろしい計画を聞いた後では、やはり今はまだ人間が空を制してはならないとアイリーンは思い直していた。

「わかった。今度、大陸同盟議会で提案して、何としてでも、この件を通そう」

大陸同盟議会とは、大陸でも大国とされる十の王国が参加する議会で、大陸の秩序を守る役目も担っているものだ。

「お願いします、お父様」

「……フェルドは功を焦ったのかもしれんな」

急に父が兄の話に戻した。父にとって兄の愚行はそれほど気にかかることなのだろう。

アイリーンはそのまま玉座に座る父を見上げた。

「留学している弟のリンデールが優秀であるゆえに家臣にも好かれ、頭角を現してきている。口さがない者たちが、次期国王はリンデールのほうが相応しいと触れ回っているというのは耳には入っておった」

レダ・アムール王国での兄の様子を思い出し、アイリーンにも思い当たることがあった。

『私は将来のゼーファ国王だ。羽ばたき機を実用化し、全世界を制圧してみせる。弟など寄せ付けるものか。私が真の国王だ』

やはり兄にも事情があったのだ。アイリーンは視線を下げた。しかし事情があったとして、兄の所業は許せないものだ。それに――――。

それに兄が最期に残した言葉、アイリーンを愛しているというのも、最後まで謎に終わってしまった。兄の本当の気持ちは、兄が死んでしまい、とうとうわからずじまいだ。

兄のことは今でも許せないが、可哀想な人だとは思えた。アイリーンが涙を流すほどには。アイリーンはあれから兄のために何度も泣いた。

「フェルドは、この王国の次期国王になるためだけの力が欲しかったのかもしれん」

父が遠くを見つめ、そっと呟いたのが耳に入る。

「不憫《ふびん》な子ですわ……」

母が一言だけ口にし、目頭を押さえた。

「それで、アイリーン、お前のほうはいいのか？　レダ・アムール王国の国王と結婚することに不満はないのか？」

「ええ、ありません。陛下は私を大切にしてくださいます。私はクラウス陛下と結婚できることをとても幸せに思っております」

アイリーンが兄に連れ去られた日、クラウスは嵐の中、強行突破で帰って来たため、大怪我をした。しかし今は怪我も治り、相変わらず公務で忙しくしている。何しろ二百年余り公務を疎かにしていたのだ。いくらサルージャやリヤードが代行していたとはいえ、しなければならないことが溜まりに溜まっているだろうことはアイリーンでも容易に予想がついた。

アイリーンもそんなクラウスの様子を見計らって里帰りをした。やはり彼が大変なときには、何もできなくても傍にいたいと思っているので、ゼーファに帰るタイミングを計っていたのだ。

でも、それも今日無事に終わり、これからアイリーンは急いでレダ・アムール王国へと戻る。シャイナには二週間の休暇をとってもらい、もうしばらく故郷でゆっくりしてもらうつもりだが、自分はとんぼ返りだ。一刻も早くクラウスの腕に抱き締められたい。

「アイリーン、昨日ここに帰ってきたばかりでしょう？　そんなに急いで帰らなくとも、一週間、いえ、せめて三日くらいほどでもゆっくりできないのかしら？」

母が引き止めてくれるが、アイリーンの心はまったく揺らがなかった。

「ええ、今日、これから帰るわ。だって空がとても恋しいんですもの」

「まあ……」

母はアイリーンがそんなことを言うとは思っていなかったようで、目を丸くして驚くと、今まで涙を浮かべていた双眸を優しげに細めた。

「よかったわ……。あなたにもそんなに愛しい方ができたのですね。わたくしもあなたの大切なクラウス陛下にお会いするのが楽しみになってきましたよ」

「お母様……」

母が喜んでくれることがとても嬉しい。クラウスとの結婚を祝福してもらえることが、こんなにも嬉しいものであることを改めて知る。

「ありがとう、お母様……」

母に礼を言うと、横から父も口を出してきた。

「わしもお前が幸せなのが一番だぞ」

「お父様もありがとうございます」

母に負けじとそんなことを言う父を微笑ましく思い、アイリーンも幸せを噛み締めた。

「それで、アイリーン、結婚の日取りは決まったのか?」

「……まだです。早くお知らせしたいのですが、聖ドラゴン族の習わしで、いろいろと結婚までの儀式があって、いわゆる私たちの言う結婚式というのは、まだ先とのことです」

「全能の神、サラディーナの子孫だ。我々には推し量れぬことがあるのだな」

「ええ……」

アイリーンは少しだけ笑うことに苦労した。本当は聖ドラゴン族の習わし等の話は嘘だった。それに父や母に黙っていることがある。『番の儀式』のことだ。生存の確率が五割しかないこの儀式に参加することを話していない。言えば反対され、もしかしたらクラウスとの結婚も破棄《はき》されてしまうかもしれない。

結婚式の日取りがはっきりしないのは、この儀式で果たしてアイリーンが生還できるかわからないからだ。生還しても体力などを考慮して結婚式の日取りを決めることになっている。

前世のように形ばかりの伴侶なら、儀式も受けることもないので、普通の結婚式のように、日取りを決められる。しかしアイリーンはクラウスと死ぬまで一緒にいるために儀式を受けることを決めていた。

「日取りが決まったら、真っ先にお父様にお知らせするわ」

アイリーンは玉座に座る父に歩み寄ると、その頬に親愛のキスをした。

「またすぐ顔を見せてくれ。お前がいないと、この城も静かで寂しい」

「お父様……」

「体調に気を付けなさいね、アイリーン」

「お母様……」

アイリーンは続いて母と軽く抱擁《ほうよう》を交わした。

絶対生きてここへ顔を見せに帰ってこようと心に誓いながら――。

＊＊＊

アイリーンがレダ・アムール王国に戻ったのは陽が沈んで間もない頃であった。

まだ空が夕焼け色に染まっており、そのオレンジ色の光が天空の城を美しく照らしていた。ドラゴンに跨《またが》って見降ろした天空の王国は、荘厳な空気を纏いつつ、アイリーンの帰りを待っているかのようにも見えた。

アイリーンはそのまま自分専用に造られたドラゴンの乗降場へと降りる。この乗降場は決められた人間しか入ることを許されない特別なもので、将来の王妃、アイリーンのためにクラウスが造らせたものだった。そこにクラウスが待ちかねたように、迎えに出てくれていた。

「アイリーン！」

「クラウス！」

昨日の朝に別れたばかりなのに、もう何日も会っていない気がして、狂おしいほどの愛しさと、締め付けるほどの寂しさを持て余したまま、クラウスに飛びついた。

「アイリーン、お帰り」

しっかりとクラウスが抱き留めてくれる。アイリーンはいつの間にかクラウスの胸が自分の帰る場所だと思うようになっていた。

「道中、何事もなかったようで、良かった」

「クラウス、お仕事は終わったの？」

「ああ、君が今日戻って来ると思うだけで、仕事が捗《はかど》ったよ」

クラウスはアイリーンを乗降場に隣接して造らせたテラスへと促した。そこには絶妙なタイミングで淹《い》れられた紅茶とお菓子が用意され、既に給仕を済ませた使用人は、奥へと下がっていた。アイリーンを乗せてくれた聖ドラゴンの兵士も、気付けばいつの間にかいなくなっている。皆、アイリーンとクラウスに気を遣って二人だけにしてくれたようだ。

「ご両親には話ができたかい？」

「儀式のことは言えなかったけど、お兄様の件は伝えられたわ」

「……そうか」

番の儀式のことについては、クラウスはアイリーンの両親の承諾のもと、行いたいと思っていたようだが、アイリーンは反対されるのも、また彼らを無駄に心配させるのも嫌で、黙って儀式を受けることにしていた。クラウスはこのことにまだ少し納得していないようだったが、最終的にはアイリーンの思うようにしてくれている。そんな彼の気遣いにアイリーンは甘え、そして感謝していた。

夕日に染まっていた空は徐々に夜に侵食されて、深い濃紺の色へと変わっていく。西の空には控えめな三日月が浮かび、少しずつ星も煌めき始めた。

空の風景を見ながら、二人で温かい紅茶を飲む。時々吹き抜けるそよ風が心地よい。地上で見たよりもずっと近く感じる空に、居心地の良さを覚えた。もうここがアイリーンにとって一番の場所で、故郷になっている。

アイリーンは隣に座るクラウスの手をそっと握った。彼もまた優しく握り返してくれる。彼を見上げれば、唇を塞がれた。

「愛している――――アイリーン」

額をお互いに引っ付けて、間近で囁かれる。

「私も、愛しているわ。クラウス」

「君を一時的にでも拒んで、すまなかった」

クラウスがアイリーンの下唇を甘く噛みながら何度目かわからない謝罪をした。

「もう二度と、あんなことは言わないで……」

「ああ、もう絶対に言わない。君と離れることは無理だと痛いほど知った——」

彼の揺れる黄金の瞳がアイリーンを捉える。アイリーンはクラウスの両頬に手を添え、そのままキスを深いものにする。夕焼けの空を背にし、二つの影は一つに重なった。

「アイリーン」

そのままそっとベンチの上に押し倒される。ベンチには分厚いクッションが敷かれており、さほど背中に痛みは感じなかった。

クラウスの手がアイリーンのドレスの裾を捲ってするりと入って来る。思わずアイリーンは身を固くした。

「君と一夜離れただけで、恋しくて堪らなかった」

「私も祖国に戻ったのに、あなたに会えないのが寂しくて、すぐに帰りたかったわ。あ……んっ……」

アイリーンの下肢を弄るクラウスの指が下着の上から悪戯《いたずら》に敏感な場所へと触れてくる。

「このままだと下着が濡れてしまうな……」

「ク、クラウスっ……」

いやらしい言葉にアイリーンが頬を染めると、クラウスは自分の胸元を飾っていたレースのジャボを乱暴に取り去り、シャツの前をはだけさせた。美しい張りのある筋肉がアイリーンの目の前に晒される。

「早急ですまない。君がやっと帰ってきてくれたかと思うと、我慢できない。こんな節操もない私は君に嫌われるだろうか……」

クラウスが艶を帯びた声で告げてくる。アイリーンもそんな彼に応えたくて、恥ずかしさを押しのけて、素直な気持ちを口にした。

「わ、私もあなたの熱を早く感じたいわ……」

「アイリーン」

クラウスの金の目が少しだけ見開く。そしてすぐに優しげに双眸を細めた。

「ありがとう、アイリーン……」

クラウスがゆっくりと覆い被さり、アイリーンの肩に唇を寄せる。同時にアイリーンのドレスも脱がし始め、すぐにドロワーズも奪ってしまった。これからクラウスの肌の熱さを感じられるかと思うだけで、アイリーンの躰がぶるりと震える。その震えが次第にアイリーンの躰の隅々にまで広がっていき、躰の奥から淫らな愉悦が沸き起こった。

「ふっ……んっ……」

彼の手がアイリーンの両胸を捏ねるように揉んでくる。彼の手の動きが激しくなるにつれ、アイリーンの下肢が甘く濡れ始めた。

「ああっ……や……」

アイリーンの乳頭がこりこりとした硬さを主張し出す。その硬さを愉しむかのようにクラウスが何度も指の股で擦ってきた。乳首を刺激されるたびに、アイリーンの子宮が収斂《しゅうれん》して、何かが溢れそうになる。

「あっ……だ、め……声が出ちゃうっ……誰かに……聞かれ……たら……ああっ……」

「そんな甘い声を出して、私を誘わないでほしい……アイリーン」

クラウスがアイリーンの耳朶に軽く歯を立てて囁いてくる。刹那、アイリーンの背筋を鋭い疼痛が駆け上がる。

「ああっ……クラウ……」

そのままちゅうっと音が出るほど胸に吸い付かれた。アイリーンの躰がさらに熱を帯び、一段と深い快楽が込み上げる。

「あああっ……」

アイリーンの乳首が果実のように赤く熟した色に染まる。その乳首を美味しそうにクラウスがぺろりと舐めた。人間より少し長めの舌は聖ドラゴンである証の一つだ。その舌が再び艶《なま》めかしくアイリーンの乳頭を舐め回し、そして柔らかく歯を立ててきた。

「っ……あっ……んっ……」

乳頭を歯で咥え、軽く引っ張る。びりびりとした強い刺激にアイリーンの下肢が蜜でしとどに濡れるのが自分でもわかった。彼の視線がアイリーンの下肢へと移る。

「んっ……」

クラウスの手がそこへと伸びた。足の付け根を触り、さらにその奥にある濡れた秘裂に躊躇なく指を忍ばせる。

「ふ……んっ……」

彼の指が淫唇に触れた瞬間、アイリーンに、恐ろしいほどの快楽が襲ってきた。

「君のここが私を受け入れようと、もう柔らかくなっているね」

恥ずかしいことを言われ、頬に熱が集中する。同時に鼓動も大きくなって、どくどくと脈打ち、アイリーンの理性を押し流していく。

「クラウス……っ……」

アイリーンの声に誘われるようにして、熱く滾ったクラウスの熱情がアイリーンの淑《しと》やかな蕾へと強引に押し入ってくる。

いくら人がいないからといって、外で躰を繋げることに抵抗はあったが、一刻でも早くお互いの熱を確かめたくて、躊躇は夜空へと消えていた。

「あっ……クラ……ウスッ……」

何度か肌を重ねたが、それでもまだ一瞬、挿入時には引き攣るような痛みを感じる。しかし今はその痛みもすぐに消え、アイリーンを快楽の淵へと誘う前触れのようになっていた。

アイリーンの、底がないようにも思われる蜜壺の奥の奥まで入り込んでくる灼熱の塊に、軽い眩暈《めまい》を覚える。隙間なくぴっちりと埋められ、幸福感を味わう。彼によって、アイリーンはやっと失っていた欠片を見つけたようなそんな不思議な感覚に襲われた。『満たされる』という思いが心の底から溢れ出す。

アイリーンは何度見ても愛しさが込み上げるクラウスの顔を見上げた。彼の肩越しに見えた夜空には、ほっそりとした三日月が浮いていた。その月に向かって手を伸ばせば、途中でクラウスに摑み上げられ、その手のひらに彼が頰を寄せてきた。

「生まれ変わっても、私を思い出してくれてありがとう、アイリーン」

手のひらから彼の温かな体温が伝わってきて、アイリーンの子宮がずくんと甘く疼いた。

「くっ……こんなに熱烈に歓迎してくれるとは、私も男冥利に尽きるな」

躰が蕩けてしまいそうだ。思わずアイリーンの躰の中にあるクラウスを締め付けてしまう。

「ク、クラウス……」

恥ずかしさにアイリーンの頬に熱が集まる。しかし目の前にいるクラウスが見たこともないくらいの幸せそうな笑みを浮かべたのを見て、恥ずかしいという思いをしてでも、素直に彼を求めてしまって良かったと思った。

自分でもクラウスを幸せにできることに、喜びを覚える。

彼の腰がゆっくりと動き始める。淫猥な痺れを全身に感じ、頭がすぎた快感で朦朧としてくる中で、自分を組み敷くクラウスの顔を見上げた。広がる夜空を背にした彼は、やはり蒼穹の王に相応しい気品を漂わせていた。

愛しさがどうしようもなくアイリーンの胸を締め付け、堪らず腕を広げて彼を抱き締める。クラウスもまた同じ思いだったのか、強く抱き締め返してくれた。彼の腕がもたらす安らぎに、アイリーンは静かに目を閉じ、躰を彼に任せる。

クラウスはそのまま己の欲望をアイリーンの蜜壁に擦り付け、何度も抽挿を繰り返した。クラウスの猛々しい雄がアイリーンの官能を掻き混ぜる。

「はぁあ……あぁっ……」

躰の芯が沸騰したかのように熱く泡を吐き出してうねった。子宮が痺れを訴え、熱を帯びる。

「あっ……あああっ……奥が……じんじんする……ああ……」

クラウスの腰の動きが一層激しくなった。

「はあっ……ん……ああっ……」

次々と沸き上がる熱に理性も攫われていく。刹那、アイリーンの目の前が真っ白になった。果てしない白い闇に耐えきれず、自分の中にあるクラウスをきつく締め付けてしまう。

「っ……」

彼の艶めいた吐息が頭上から零れる。すぐに躰の最奥に生温かい圧迫感が生まれるのを感じた。クラウスがアイリーンの中で愛の種を植え付けたのだ。

「愛している……アイリーン、愛している……」

何度も愛を告げられ、クラウスの胸の中に閉じ込められる。彼の体温がじんわりとアイリーンを包み込んだ。アイリーンのクラウスに焦がれる思いが大きく膨らむ。もう絶対彼と離れたくない。どんなことがあっても、彼と一緒に生きていく——。

「……三日後、とうとう番の儀式を受けられるのね」

「——ああ」

クラウスが一瞬躊躇いを見せて、小さく相槌《あいづち》を打った。

「これで本当の夫婦になれるのね。あなたを置いて一人で死ぬこともなくなるのね」

「アイリーン……」

彼が何かを言いたげに眉を寄せる。しかしアイリーンは彼の言葉を妨げるように、彼に話し掛けた。永遠の別れを連想させるような言葉をクラウスには言ってほしくなかったのもある。

「絶対に私を離さないで。そして一緒にいることを諦めないで――」

「わかっているよ、私も前のような失態は犯さない。君のお陰で腹を括《くく》っている」

クラウスがアイリーンの美しく輝く金色の髪に鼻先を埋め、囁いてきた。

「まったく、私は情けないな――。君と離れ離れになることなど耐えられない。だからこそ、絶対成功させる」

「ええ……」

「昔も含め、私はまだ君とこの国で四季を一緒に過ごしたことがないんだ。一緒に豊かな季節の移り変わりを楽しもう、アイリーン」

「ええ」

「春は多くの花々がこの広い大地いっぱいに芽吹く。鳥たちも家族を増やし、私たちにその姿を見せに来てくれる。夏は地上ほど暑くはない。爽やかな風が吹き渡って、空を飛ぶには気持ちのいい季節だ。多くのドラゴンが空で戯れるのは見ているだけでも楽しい。秋はたくさんの作物が実り、星祭が行われる。私は五穀豊穣を願い、聖魔力を使って釣鐘草を夜空に舞い上げるんだ」

「知っているわ。私、前に見たのを何となく覚えているの」

夜空に舞う釣鐘草はまるでその中に蛍が入っているかのように柔らかな光を発し、幻想的な景色を作り出していた。

「そうか……」

「ええ、とても綺麗だったわ。何度も見てみたい……」

「これからは何度も見られるよ」

クラウスがそう言えば、本当に何度も見られる気がした。何度も、何度も、彼と一緒に移り行く四季を堪能したい。

「ええ、ねえ、冬は何があるの？」

「冬は森で食べ物がなくなった兎やリスが食べ物を貰いに城の庭に顔を出すんだ。時々親子で来たりもする。それを見ながら蜂蜜入りのココアを飲んで、読書をするのが一番贅沢な過ごし方だ」

「蜂蜜入りのココアなんて、とっても甘そうだけど、飲んでみたいわ」

「ああ、私のとっておきのレシピで君に作ろう」

「ふふ、楽しみにしているわ……」

叶わぬ夢かもしれない。それでも彼と一緒に見る夢があるだけで幸せだと思う。

アイリーンは目の前のクラウスの首に手を回し、彼を引き寄せた。

これからもずっと彼と一緒にいたい――。

アイリーンの思いを察したのか、クラウスもまたアイリーンをきつく抱き締めてくれた。

そして二人とも別れの言葉は一切口にしなかった。

三日後――。
三人の聖ドラゴン族の立ち合いのもと、番の儀式が執り行われ、アイリーンは破天の剣で胸を貫かれたのだった――。

◆【エピローグ】◆　世界で一番愛しいドラゴン

それは遠い昔――――。

長い冬も終わり、ようやく春がやってきた。春を待ちかねたかのように、城の裏側にある丘一面に、色とりどりの野花が華やかなカーペットのように咲き始める。

アイリーンはその花を摘んで大きな花冠を作り、そっと傍らに眠っている美しい青褐色のドラゴンに目を遣った。

ドラゴンは暖かな陽射しの中、躰を丸めて静かに眠りに就いている。日頃の公務に疲れているのだろう。気持ちよさそうに寝ており、その背には数匹の小鳥たちが留まって、ドラゴンと一緒に微睡《まどろ》んでいた。

「あなたたちも日向《ひなた》ぼっこをしているのね」

アイリーンは小鳥たちに声を掛けると、そのまま手にしていた花冠を、静かにドラゴンの頭に置いた。

私の大切な……世界で一番愛しい、私のドラゴン――。

彼が目を覚まさないように、鼻先にそっとキスを落とす。するとドラゴンがアイリーンの頬に鼻を擦り寄せてきた。

「え？　クラウス！」

起きているとは思っていなかったので、驚いて声を出すと、クラウスが『シッ』と小さな声でアイリーンの脳裏に囁き掛けてきた。

『あまり大きな声を出すと、小鳥たちが逃げてしまうからね……』

「クラウス……起きていたのね」

『本当は人間の姿になって君を一刻でも早く抱き締めたいのに、可愛らしいお客さんのせいで、ずっと我慢しているんだ』

そう言って、背中に乗っている小鳥をちらりと見る。そんな優しいクラウスの鼻先にアイリーンはしがみ付いた。

「じゃあ、今は私だけがクラウスにしがみ付き放題なのね」

『いいさ、私は後でいっぱい君を抱き締めるよ』

「ふふ……こうやって皆でお昼寝もいいわね」

『そうだね』

アイリーンはクラウスの返事を聞くと、その躰に寄り掛かり目を閉じた。

鼻先を掠めるのは春の花々の香り。鼓膜に優しく届くのは春を喜ぶ小鳥たちの囀り。暖かい日だまりの中、クラウスと一緒にいることにアイリーンは幸せを嚙み締めた。

何か優しいものがアイリーンの髪をそっと撫でていく。

そよ風だろうか。

アイリーンはその心地よさに頭を預けた。するとそれまでアイリーンに触れていたものが、ぴくっと弾かれたような動きをした。どうしたのかと思いながら頭を擦り寄せると、すぐにまたアイリーンを撫でてくれた。

気持ちいい……。

そう思うと同時に意識がふわりと浮き上がった。

あ……花畑で微睡んでいたのは、夢――。私、昔の夢を見ていたんだわ……。

二百年以上前の過去。懐かしさに、そして愛しい日々に、アイリーンの胸が切なさに詰まりそうになる。

「んっ……」

視界に光が差し込み、眩しいと感じた。瞬間、一気に視界が開けた。

「あ……」

ここは――？

高い天井が目に入った。しばらくぼぉっとしていると、自分の名前を呼ぶ声が聞こえてきた。それは次第に大きくなる。

「……ン、……リーン、アイリーン！」

「え……？」

瞬きをすると、世界が大きく変わったような気がした。目の前では青褐色の髪が光に照らされてきらきらと光っていた。

「アイリーン、気が付いたか？」

「……ク、ラ……ウス……」

喉がからからに渇いて声が上手く出せない。ひくつく喉に手をやろうとした途端、クラウスに抱き締められた。

「アイリーン、目が覚めて、よかった……っ」

あ……。

その言葉でアイリーンは自分が儀式を受けて眠りに就いていたことを思い出す。

私……生きている――。

「ク……ラウス……わた、し……生きて……る……の？」

「ああ、生きている。君は儀式を乗り越えて、ここに戻ってきてくれた……」

「あ――クラウスッ……」

アイリーンの目頭がジンと熱くなった。本当は心のどこかでクラウスと二度と会えないかもしれないという不安が見え隠れしていたのを見ない振りをしてこの儀式を受けた。自分の中でも相当な覚悟をして挑んだので、無事に覚醒できたことに、心から嬉しく思い、そして安堵した。

アイリーンが小さく息を吐くと、クラウスが腕の力を緩め、アイリーンを覗き込んできた。

「君は一週間ほど眠っていたんだ。まだ聖ドラゴンの躰に慣れていないから、しばらくは安静にしなければならないし、節々も痛みがあるだろう」

アイリーンはクラウスの説明に、白く細い腕を持ち上げて見つめた。その腕は人間であったときと何ら変わりはない。

「どこか今、痛いのか?」

「ううん、今……は、大丈……夫よ……ちょっと喉が……」

「ああ、すまない。水を……」

クラウスは慌てて、アイリーンのベッド脇に置いてあった水差しからコップへ水を注ぎ、アイリーンを起き上がらせ、水を飲ませてくれた。喉がじわりじわりと水分を吸収し、潤う。そしてようやくアイリーンは人心地ついた。すると、自分の枕元に、永遠の愛を誓う徴《しるし》とされる花、シェリーが何本も置かれているのが目に入った。

この花はとても珍しいもので、一本でも探すのが大変だとされているものである。それをこんなに何本も探して持ってくるというのは並大抵のことではない。よく見ると、以前アイリーンがクラウスに貰って押し花にしたシェリーの栞も一緒に置いてあった。

「クラウス……これは……」

「君が眠っている間、私にできることといえば、君に永遠の愛を誓うくらいしかなかったから、いろいろ探してきた」

「大変だったんじゃ……」

「君に比べたら、大変じゃない。むしろ君の大変さを少しでも私が担えればいいと思っていた」

「クラウス――」

ゆっくりとクラウスを見上げる。そこには間違いなく生涯愛する伴侶、クラウスがいた。それはアイリーンがこの世に戻ってきた証拠だ。

「……私、昔の夢を見たわ……」

「昔の夢？」

「ええ、私、昔、あなたと一緒にいられてとても幸せだったわ。あなたは私を巻き込んで不幸にしたって言っていたけど、私、全然不幸じゃなかった。むしろ幸せで、この幸せだった日々を忘れないでって、昔の私に言われたような気がしたわ……」

「アイリーン……」

「私、儀式を乗り越えて、やっとあなたの真の伴侶になることができる。ありがとう、クラウス」

アイリーンの胸が幸福感で締め付けられた。すると、クラウスがぎゅっとアイリーンを抱き締めてきた。服越しに彼の鼓動がアイリーンに伝わってくる。そんなことにも幸せを覚え、アイリーンは目を閉じた。

「二人で幸せになろう。昔よりも、もっと――もっと幸せにする、アイリーン。だから一緒に生きていこう」

「ええ、クラウス――」

名前を呼ぶと彼が誘われるようにして、アイリーンの唇を塞いだ。そして――。

「これを君に……」

「え？」

気付けば、アイリーンの手のひらに濃紺の宝石の嵌った指輪が載っていた。

「君は覚えていないかもしれないが、一度君に渡したことがある『女神の涙』と呼ばれる指輪だ」

アイリーンの記憶の底から身を焦がすような思いと、この美しい指輪の記憶が沸き起こってきた。

「あ……」

この指輪は代々聖ドラゴンの王が身に付ける指輪の一つで、次の国王へと引き継がれる王位継承権を象徴する由緒正しいものと、昔どこかで聞いたことがある。

「本来は国王が祭事の際に身に着けるものだが、私が君を一生愛し、添い遂げるという思いも込めて、普段は君に持っていてもらいたい。次の国王が現れるまで、一緒にこの指輪を受け継いでいこう」

「ええ……」

これからクラウスと本当に一緒に未来を歩んで行けるのだと実感でき、アイリーンの胸は幸せと喜びでいっぱいになった。

「ありがとう、クラウス……」

感動で涙が溢れそうになるのを堪え、彼を見上げると、彼が少しばかり苦笑しているのに気が付いた。

「クラウス？」

「いや――」

彼が何か言いにくそうな様子で、言葉を切る。アイリーンはそのまま小首を傾げ、彼が口を開くのを待った。

「――その、本当はサルージャもリヤード、そして君の世話係のシャイナも、皆、君のことを心配して、一刻でも早く目覚めるように願っていたけど、もうしばらく、連絡をしないでおこうかと思う」

「え？」

クラウスの言わんとしていることがよくわからず、アイリーンが驚いて目を大きくすると、クラウスが笑って、まるで今から悪戯でもするかのように、小声で囁いてきた。

「……しばらく私だけに君を独占させてくれないか？　誰にも邪魔されたくないんだ」

「ク、クラウス……？」

「大丈夫だ、君にあまり無理はさせないから――」

「えっ……あ……ええ……」

クラウスの提案にアイリーンは頬を染めながらも小さく首を縦に振ると、その目尻にクラウスはキスを落とした。


その後、ある秋晴れの日、二人の結婚式は盛大に行われた。

蒼穹の王国は益々の繁栄を極め、大陸を守護し続けることになる――。

END

あとがき

こんにちは、または初めまして。ゆりの菜櫻《なお》です。

今回は憧れのドラゴン物です。王道ですが、私はまだドラゴンを書いたことがなくて、今回、夢を叶えました。ありがとうございます。

ドラゴンと言えば、私の中では『心優しいドラゴン』というのが定番で、そのため今回のヒーローは、この私の勝手なイメージに影響され、ちょっと優しすぎてヘタレたドラゴンになってしまいました。あれ？（汗）。

孤高の寂しいドラゴンを目指したのですが、私の好きなヒーローは大抵、ヒロインには弱くてヘタレになるので、このクラウスもその血を立派に引いてくれました。

これからは二人にもドラゴンの赤ちゃんがいっぱいできて、賑やかで平和に暮らしていくと思います。赤ちゃんの一人が、次期ドラゴン王になったり、また違う一人は大陸の姫に一目惚れして、地上に下りたりするかもしれません。新たなラブロマンスの香りが（笑）。

さてさて、ここでアイリーンのお兄さんの名誉《めいよ》挽回《ばんかい》を（笑）。以前『元帥皇子《げんすいおうじ》の花嫁《はなよめ》』でも似たようなことを書いた覚えがありますが……（笑）。

お兄さん、ずっと妹、アイリーンに恋心を寄せておりました。最初はちょっと辛辣に登場しますが、自分の心を隠すために、わざと辛辣に接しています。愛するアイリーンを大国の王ならまだしも、バケモノの許へ嫁がせることには我慢できず、アイリーンを取り戻すためにも、自分が王になろうとします。あと弟の存在。心無い人はどこにでもいて、フェルドを追い詰めていったと思います。元々脅威を感じていたフェルドは、どうにかして功績を認めてもらおうと戦力を得ようとし、羽ばたき機などを研究して王位を手に入れようとしております。アイリーンがドラゴンへ嫁ぐ話がなければ、フェルドも恋心をずっと隠し、急いで王位を強奪しようとはしなかったのかな、と思ったりです。

今回素敵なイラストを描いてくださったのは、周防佑未《すおうゆうみ》先生です。可憐なアイリーンと、男の色香溢れるクラウスをありがとうございました。家宝にします。

そして毎回のことながら、担当様、いろいろご指導ご鞭撻ありがとうございました。お忙しそうですが、体調管理等には充分お気を付けください（人のこと言えませんが・笑）。

最後になりましたが、ここまでお付き合いくださった皆様に最大級の感謝を。

今回はちょっと弱いヒーローだったので、次は強い傲慢なヒーローが書きたいなと思いつつ……でも書く直前で気が変わるかもしれませんが（汗）。

では、皆様とまたお会いできるのを楽しみにしております。

ゆりの菜櫻

龍王《りゅうおう》と花嫁《はなよめ》

ティアラ文庫をお買いあげいただき、ありがとうございます。
この作品を読んでのご意見·ご感想をお待ちしております。

✦ ファンレターの宛先 ✦
〒102-0072　東京都千代田区飯田橋3-3-1
プランタン出版　ティアラ文庫編集部気付
ゆりの菜櫻先生係／周防佑未先生係

ティアラ文庫&オパール文庫Webサイト『L'ecrin《レクラン》』
http://www.l-ecrin.jp/

著者――ゆりの菜櫻（ゆりの　なお）
挿絵――周防佑未（すおう　ゆうみ）
発行――プランタン出版
発売――フランス書院
〒102-0072　東京都千代田区飯田橋3-3-1
電話（営業）03-5226-5744
（編集）03-5226-5742
印刷――誠宏印刷
製本――若林製本工場

ISBN978-4-8296-6757-6 C0193

ティアラ文庫

Tia6670

♥ 好評発売中! ♥

ティアラ文庫

Tia6708

♥ 好評発売中! ♥